Liston

「また腕が上がってますね」
「ええ。将来が楽しみだわ」
リノキス・ファンク
病弱な頃からニアの面倒を見ていた専属侍従。護衛を兼ねており戦闘力も高い。
ニア・リストン
病によって死んだところを、英雄の魂が入り蘇った幼女。戦いに飢えており、強者との死闘を望んでいる。

ニール・リストン
家族思いなニアの二つ上の兄。ニアが自分より強いことを知り、より一層剣術の稽古に励む努力家。
リネット・ブラン
ニールの専属侍従兼護衛。

「――アッハハハハハハハ！　ほらほら！
早く構えないと蹂躙するわよ！」
そう言った直後――
ボスらしき男は宙を舞っていた。
この身体でできる最速の踏み込みで、
ちょっと強めに殴ってやったから。

凶乱令嬢ニア・リストン 1

病弱令嬢に転生した
神殺しの武人の華麗なる無双録

南野海風

HJ文庫
1040

口絵・本文イラスト　磁石

Contents

プロローグ

魔王殺しの聖騎士アルフィン・アルフォン。
武神リュト・ビリアン。
千死の蛮勇王ガイスト・イース。
闇を蝕む狂聖女キエラ。

歴史書を開けばそこにいる英雄たち。

囚人国王、咎人リヒタ。
闇の魔導を究めし者ベクター・サリー。
戦国傭兵王グリコ・スペンサー。
悪童ディーゼ。

世界に大きな乱……善きにしろ悪(あ)しきにしろ、世に革命を起こした者は、立場が違(ちが)えば誰(だれ)かの英雄だったのでしょう。


光を食(く)らう者モーモー・リー。

大地を裂(さ)く者ヴィケランダ。

夜の支配者■■■■■。

渇(かわ)く者オロ。

英雄に討(う)たれし特級魔獣(まじゅう)たちの爪痕(つめあと)は、今なお世界中に残っています。


さて。

この時代において、最も新しき英雄の名は、これから記されることになります。

素手(すで)で魔獣を屠(ほふ)る、血雨(レッドレイン)を歩く者。

傷つき倒(たお)れる者を癒(いや)す、白き癒し手。

堅牢(けんろう)なる鎧(よろい)さえ紙屑(かみくず)のように扱(あつか)う、騎士殺し。

ただただ死闘(しとう)を求める、自殺願望者。

他にも暴走お嬢様、爆走天使、暴虐の姫君、破滅の舞踏、等々。

様々な異名で呼ばれた彼女ですが、やはり一番有名なのは「凶乱令嬢」の名でしょうか。

彼女の名は、これより歴史書の一ページに刻まれることになります。

英雄の名に相応しい凶乱令嬢の、華麗なる戦いの記録。

それと同時に、望まないまでも拒む理由もなく歩を進めた、偶像の軌跡。

凶乱令嬢ニア・リストン。

彼女の物語は、とある夜から始まりました。

第一章　闇より浮かびて

浮かんでいく。
深い深い眠りの底に沈んでいた私の意識が浮かんでいく。
久しく忘れていた私が、少しずつ、全てを取り戻していく。
——ああ、ああ。
空気が。
光が。
香りが。
祈りが。
声が。
幾年月を経て感じられる優しいそれらが、今はただただ強い刺激でしかなく。
未だ虚ろのカーテンに閉ざされ、闇の毛布をかぶる、私の意識をこじ開けていく。
——ああ、ああ。

たった一つを思い出した。

たった一つを思い出してしまった。

あの時は果たせなかった、あの願いを。

そうだ。

私は戦って死にたかった。

穏（おだ）やかな死なんて望んでいなかった。

肉を貫（つらぬ）き、骨をへし折り、血を流し。

まだ戦いたい、まだ戦えるという意志がありながら、しかし限界を超（こ）えた肉体はそれに応えず、力及（およ）ばず前のめりに倒れたかった。

武の深淵（しんえん）。

武の境地。

私が辿（たど）り着いた答えは——結局なんだったのだろう。

ただ、私は、私より強い存在に出会うことを、長年望んでいた気がする。

だから、今度は。

今度こそは。

——私を殺すモノを、きっと、探し出そう。


「——ぐっ!?　ごほっ、ごほっ！」

緩やかに訪れた覚醒は、突然の違和感……いや、肉体の痛みに引きずり出された。

——なんだこの身体は！

咳が止まらない。

咳を一つするたびに、背筋に冷たいものが走る。

まるで死神が撫でているかのようだ。

これは……そう、命を削っているのだ。

私はしばらく、命を削る止まない咳を吐き続け、それらに付きまとう死の恐怖をしっかりと味わう。

壊れそうなほど軋む臓腑。

悲鳴を上げる生存本能。

ちらちらと見え隠れする死そのもの。

——何度経験しても、死は、怖い。

——何度経験しても……何度経験しても？

咳が落ち着いてきた。

指一本動かすことさえできないほど憔悴し、力なく身体を投げ出す――まあ、元々ベッドの上ではあるようだが。

「――落ち着いたか？」

ようやく周囲に気を配る余裕ができた時、すぐ近くで男の声がした。

「……」

視線を向けると……知らない男がいた。

フードを深くかぶった、黒いローブの男だ。顔はよく見えない。

いや、まあ、「知らない」に限れば、ここがどこかも、この身体が誰かも、知らないことではあるのだが。

というか、知っていること、わかっていることの方が少ない。

いや、もはやはっきり言うべきか。

「わかることはない」と。

最小限の灯りだけ用意した、どこかの屋内……薄暗い誰かの私室のようだ。

私はベッドに横たわっていて、きっと友達の死神に抱かれている。

この身体、恐らく病だ。

外的要因ではなく、内より死に向かっている。

嫌でもわかる——この身体、もう長くない。

「頼みがある」

フードの男は言った。

「一日だけ、何もせず生きてくれ」

私は口を開いた。

「——事情を、——話せ」

からからに乾いた口から、かすれた声が漏れる。声が高い。子供のようだ。

「金のために反魂の法を使った。この身体の魂はすでに旅立っていて……だから、代わりの魂を入れた。それがあんただ」

代わりの魂？

……いや、そうか。そういうことか。

「その身体は貴人の娘さんのものでな。両親が娘を死なせたくないと大金を積み、俺を雇った。

俺には金が必要なんだ。どうしても。

……恐らく、このままなら長くて数日しか生きられまい。この身体はとっくに限界を超えている……」

うむ……だろうな。よくわかる。

「あんたが何者なのかは知らん。稀代の悪党かもしれないし、もしかしたら人間じゃないかもしれない。悪魔だったり悪霊だったりするかもしれない。

だが、頼む。一日だけ何もしないで生きてくれ。

俺が金を受け取り、この島から離れるまで。それまでの時間を生きてくれ」

ずいぶんと勝手なことをほざくフードの男は、言いたいことだけ言って、私の傍から離れていく。

「すまない。本当にすまないと思う。地獄で会ったら殺してくれていい」

謝りながら部屋を出ていった。

そして私は目を瞑る。

つまり、あの男は、死んでいた私を無理やり起こし、数日中に死ぬ死病の身体に無理やり押し込んだわけか。

つまり、数日中に私をもう一度死なせるために呼んだというわけか。

つまり、一度死んでいる私に、二度目の死を味わえと言うわけか。

つまり、残り少ない寿命（じゅみょう）しかないこの身体を、誰ともわからない私に押し付けたというわけか。

たった一日生かすためだけに。

「……く、くくく……！」

笑えるではないか。

まさか二度も死ねる機会を得るとは思わなかった。

人生とは何があるかわからないものだ。

まあ、前回の人生は、もうとっくに終わっているが。

「――私じゃ、なければ、死んでいた」

死をまとっている重い両手を上げ、心臓の上に重ねる。

まるで棺桶（かんおけ）に入れられた死体のように。

だがこれは、生きるための格好だ。

まったく。

私が「氣」を修めていなければ、死んでいたところだ。

この身体の名は、ニアというらしい。

「ニア！　ニア！」

「よかった！　本当に、本当に……！」

この人の枕元でうるさい男女が、ニアの親だろう。

わかったわかった。我が子の命が繋げて嬉しいのはわかったから、あまり揺らすな。「氣」に集中できない。

まだこの身体を見ることさえできていないが、両親の大きさの対比からして、ニアは子供だ。それも相当小さい。

しゃべることはできるので、赤子というほど小さくはなさそうだが。

「ニアぁぁあ！　ニアぁあああああ！」

「生きて！　お願いだから生きて……！」

だから生きてるじゃないか。そしてあまり揺らすな。それで死ぬ。揺れで死ぬ。

――冷静に考えれば、これはある意味、この身体の人生を私が乗っ取った形になるのか。

そしてこの人たちは、これから自分の子を育てていくつもりで、私を育てるのか。

どこの誰とも知れない私を育てるのか。

うむ、まあ、仕方ない。

その辺の責任は、全てあのフードの男にある。

　私はただの被害者であり、死ぬはずだったニアの身体を生かす者だ。少なくともこのまま病で死ぬ気はない。この私が病ごときに殺されてたまるか。

　あの男の話では、元々のニアは、もう逝ってしまったそうだから……

　願わくば、もう死の影に怯えることなく、ただ穏やかに眠ってほしいものだ。

　……まあ、今の私のように、穏やかに眠っていたはずなのに、無遠慮かつ無配慮な輩に起こされることも時にはあるらしいが。

「ニァアぁぁあ！　ニャアぁあああああ！」

「ああ、ニア！　あなたは私たちの宝物よ！」

　……うるさいな、本当に。

　ちらりと目を開き、非難の感情を込めて見ると――二人は「おおう、おおう」「ああっ、ああっ」と、オットセイとカラスみたいな声を上げ、手を取り合って感涙にむせび泣いている。

「お二人とも、そのくらいで……お嬢様はお疲れのようですから。ゆっくり休ませてあげましょう」

　部屋には入ってきていないが、出入り口の辺りに誰かがいる。

　声からして男の老人。言葉遣いからして使用人のようなものだろうか。

両親の身形を見れば、なかなか良い服を着ている。

もしや上流階級だろうか？

いや、きっとそうだろう。

だからフードの男は、死にゆく身体に違う魂を入れて一時的に生かす、という何の解決にもなっていない詐欺同然の手段で彼らから大金をせしめたのだ。たぶん。見てないから確証はないが。

オットセイ父とカラス母が名残惜しそうな顔をして去っていく。

愛情が重い人たちと見るべきか、我が子を溺愛している良き両親と見るべきか。

あるいは両方だろうか。

――まあ、なんにせよ。

望んだわけではないが、こうなってしまえば、すぐに死ぬなんて御免だ。

この身体を貰ってしまった以上、私がニアとして生きるしかない。

ならば、彼女が背負うはずだった責任と義務くらいは、私が果たすべきだろう。

旅立ってしまった彼女のために、せめてもの親孝行でもしようではないか。

そのためにも、この身体。

まずはこの身を蝕む病魔を打ち負かすことにしよう。

くくっ。病よ、私に勝てるか？

「氣」を好く巡らせる姿勢とは違うのだが、今は致し方ない。

ベッドに横たわり、心臓に両手をあてがい、全身に「氣」を巡らせる。

――それにしても、脆弱にして不巡な身体だ。

身体の大きさも関係あるのだろう。子供ゆえに練り上げられる「氣」が非常に少ない。

身体が弱っているせいでもあるのだろうが。

そして、病魔が邪魔をして上手く「氣」が巡らない。巡らないどころか、せき止めているくらいだ。

「氣」とは生物なら誰もが持ち、無意識に身体に巡らせているものである。

それを不自然にせき止められれば、それは病気にもなるというものだ。

病巣は、肺だろうか？

他にも悪いところがありそうだが、内臓系に集中しているのは間違いなさそうだ。

――よし……これでいい。

この身体……ニアの脆弱極まりない「氣」を練り、全身に循環させていく。

ゆっくり、ゆっくりと、肺辺りに溜まっている病を「氣」で削り取って巡らせていく。

どれほど時間が掛かるかわからないが、これで病は治るだろう。

自浄効果と、体内エネルギーによる活性化。

きちんと「氣」を操れれば、病魔など足元にも及ばない。

前の人生でも、今回の人生でも、私を殺すのは病に非ずだ。

……それにしてもだ。


いったい私は誰なのだろう？


ごく自然に「氣を使えばいい」などと考えているが、そもそも「氣」とはなんだ？

己のことが一切わからないのだが……

いや、まあいいか。

私はこれよりニアとして生きることになる。

ならば「前の人生」のことなど、朧気に憶えているくらいでちょうどいいかもしれない。

「前の人生」において大事な事、必要な事は、魂とでもいうべきものに刻まれているはず。

恐らく自然と出てきた「氣」というものも、魂とでもいうべきものに刻まれた記憶なのだろう。

これからいろんな経験をし、年月を重ね、肉を貫き、血を浴び、戦と血風に酔い痴れていれば、必要なことくらいは思い出すだろう。

それまでは、私自身のことも、わからなくていい。

焦ることなどない。

私がこの身体を手に入れた以上、数日で死ぬなど許すつもりはない。

わからないことと言えば、この身体のこともそうだ。

ニア自身の記憶がない。

どんなに探しても見つからない。

詳しくはわからないが、人間は脳で考え、脳に記憶をする、という理屈は知っている。

私に記憶がないのも、本来記憶するべき器官がないからだと思っていた。率直に言って私は魂らしき存在でしかないから。脳は持ってきていない。

――まあいいか。

ニアはまだ子供だ。

あらゆることを忘れていたところで、それを取り返すのにそう時間は掛からないだろう。

病床にあることも含めて、記憶や思い出が両手に抱えきれないほど存在する人生経験は、積んでいないはず。

仮に積んでいたところで、思い出せない事実が変わるわけでもない。

ないものはないし、思い出せないものは思い出せないのだから仕方ない。

それだけの話である。

それに、今は記憶より身体の方が重要だ。

病に支配されているニアの身体をどうにかするのが、最も優先するべきことである。

そのほかのことは、それこそ「生き残って」から考えればいい。

まだこの身体は、死の淵にいるのだから。

時折不意に込み上げる咳に、うとうとしている意識が嫌でも現に引き戻される。

そして咳き込むたびに部屋のドアが開き、誰か――少し見えた限りでは使用人らしき女がこちらの様子を見る。

そんな繰り返しが何度かあったものの、無事に夜が明けたようだ。

表向きは、フードの男が死にかけていた少女を救った夜。

しかし裏では、魂を失った少女の身体に、私という意識が宿った夜。

首を捻れば、大きな窓に引かれたレースのカーテン越しに見える。

外の明るさが眩しい。

ニアが失った明日を、私は今生きている。

第二章　最初の親孝行

「おはようございます」

どんどん明るくなる窓の外をぼんやり見ていると、若い女が部屋に入ってきた。

夜中に私の様子を見ていた女だ。服装からして侍女か。やはり使用人のようだ。

――ん？　強いな、この女。

動きも足運びも隙がなく、体幹もしっかりしている。あえて筋肉を付けすぎない中肉中背なのは、この体格がベストだと知っているからだろう。

私から言わせれば細すぎるが。もっと肉を食えと言ってやりたい。

だが、身体の重さや筋肉量は、鍛錬や武器で賄える部分も大きい。この侍女は恐らく武器でどうにかするタイプなのだろう。

実際にスカートの下に武器を隠しているようだし。

――まあ今の私であっても寝てても勝てる程度の相手である。取るに足らない侍女だ。

「お嬢様、お体の具合はいかがですか？」

お嬢様。

私か。

やはり金持ちの家の娘という感じなのか、ニアは。

この私がお嬢様……か。

少々むず痒いものを感じなくもないが、まあ仕方ない。ニアとして生きるなら慣れるしかないのだろう。

「……………」

それにしても、なんと答えるべきだろう。

ニアはどんな娘で、この侍女とどんな関係を築いていたのだろう。

と――私が返事をしないのにも構わず、侍女は私の背に手を回し、上半身を起こした。

反応がなくても世話を焼く様子を見るに、ニアはあまりしゃべるタイプではなかったのかもしれない。

さもありなん。

満足に歩くことさえできないほど弱っているのだ。

これでは子供じゃなくてもつらかろう。元気だって出るものも出ないだろう。

「お食事の時間です、お嬢様」

おお、飯か。

正直食欲なんて一切ないし、胃が受け付けるとも思えない。

が、人間食わねば生きていけない。この身体が弱っているのだって、最低限も食っていないからだろう。

自らの手を見れば、あまりにも細く小さく、はっきりいって皮と骨だけである。血が通っているのかどうか不安になるほどに青白い。

まだ全身は見ていないが、手を見るだけでもわかる。想像以上に衰弱が激しい。

これを見てしまえば、補給は必須であると判断せざるを得ない。

「氣」で治すにも限界がある。

それこそ「氣」の源、生命力の源となるものは、飯だ。欠かすことはできない。「氣」で病は治るが、「氣」は何もないところからは生まれない。

とにかく今は食わねば。

「氣」を作り出すためにも。

「うぷっ」

食った。

優しい味の粥に、煮崩れするほど柔らかくした野菜の煮物。

とにかく消化にいい刺激の少ない病人食、という感じの飯だった。――私には物足りないばかりだが、今のニアの身体にはこういうものしか入らないだろう。

いつかは血の滴る肉を……いやダメだ今こってりした物を考えたら吐く。固形物は当然としても、油強めの飯の想像でさえ受け付けない。

「まあ！　全部お食べに!?」

無理して詰め込んだだけだが、侍女は驚きとともに喜んでいる。……無理やり口に、そして胃に流し込んだ感じだが。

「うぷっ」

身体から拒否反応が出ているようで、何度も戻しそうになるが、口を押えて耐え忍ぶ。

消化しろ。早く。どれだけこの身が拒んでも吐くものか。

「お薬を……あ、そのようですね」

今は無理、という意味を込めて口を押えながら首を横に振ると、侍女は状況を察してくれた。

さっきの侍女の驚きからして、私はニアにしては驚愕の食欲を見せたのだろう――必要だから詰め込んだだけなので、食欲とは言えないかもしれないが。

しばらくはこんな生活が続きそうだ。やれやれ。

そんな闘病生活が一週間ほど続いただろうか。

毎食無理やり完食しているせいか、さりげなく少しずつ増えていく食事量をも、気付かないふりをして強引に嚥下し続け。

鎮静剤と肺に効く魔草薬と、それと少しの睡眠薬という投薬を受け。

常に微睡の中にいるような状態で、ずっと「氣」を循環させていた結果。

――そろそろ成果が出てきたようだ。

少しずつだが飯を受け付けるようになり、今や飯の時間が楽しみになった。最近では小さな果物やデザートが付くようになった。

相変わらず消化に良い物足りない食事ばかりだっただけに、この味の変化は嬉しい。甘い物が楽しみすぎて仕方ない。

出るたびに死を感じさせた咳の数が目に見えて減り、見た目に変化はあまりないが、しかし身体を動かしたいという余裕が湧いてきた。

生きることを求め始めたということだ。

いつも気だるく、臓腑に至るまで全身から悲鳴を上げていたこの身体が。

ずっと続けてきただけに、ニアの身体での「氣」の扱い方も上達してきた。

これなら小型の魔獣くらいなら手刀で首を落とせるだろう。体力さえあれば簡単な迷宮も踏破できそうだ。第四級危険区域でも生きられるだろう。体力が持てば。

「――どうですか、お嬢様？　少し外へ出てみませんか？」

今回も少しだけ増えている朝食を食らっていると、ニアの専属侍女であるリノキスがそんなことを言い出した。

この一週間で、ニア周辺の情報もできるだけ引き出してきた。

この侍女はリノキス。十六歳。

アルトワール学院冒険科の中学部を卒業後、半年前にこのリストン家に住み込みで雇われる。

生まれながらに身体は弱かったものの、病を患い半年前に倒れたニア。

彼女はニア専属の世話役として新しく雇われた使用人で、いろんな特技を持っているのを期待されて付けられたそうだ。

彼女の立場からしたら大変だっただろう。

いくら仕事とはいえ、日に日に弱っていく子供の世話なんて……よほど冷酷か、仕事と割り切れねば、その心労は計り知れない。

「外……」

言われて、大きな窓に目を向ける。

今はカーテンが開かれ、青が広がる空が見える。ここは二階らしいので他は見えない。

外、か。

「お父様とお母様の見送りには間に合う？」

あの愛が重いのか子煩悩なのかもしくは両方であろう両親は、毎日仕事で出かけている。

夕方に帰ってきて顔を見せ、寝る前にまた顔を見せに来る。

リノキスに聞いたところによると、毎日毎日忙しそうにしているとのことだ。

なので、前は朝も来ていたが、それはやめてもらった。

私がニアになった翌日と二日目の朝も来ていたが、リノキスに朝は来ないよう伝えてもらった。

お互い朝は忙しいだろう。私も闘病に忙しいのだ。

そろそろ私の行動範囲も、この部屋から先に進んでみるべきか。

あの二人が毎日心配しているのなら、少しずつ元気になっている姿を見せるのも、ニアとしての親孝行と言えるだろう。

「いえ……旦那様と奥様は、もう出ています」

そうなのか。ならばそういうことか。

「やはり朝の訪問はやめてもらって正解だったのね。迷惑を掛けたわ」

私の食事の時間は変わらない。

そして両親が朝会いに来る時間は、食事時だった。

朝の挨拶をやめてもらった結果、私の食事の時間より早く出勤した。ということは、わざわざ私に会うために時間を取らせていたのだろう。

「迷惑なんてそんな……お二人はお仕事より、お嬢様の方が大事だと思います」

愛が重そうだし、そうかもしれないが。

「でもお父様とお母様が仕事をしてくださっているから、私は今生きられるのよ。ただでさえ病気で迷惑を掛けているのだから、不要な負担は掛けたくないわ」

私が彼らの本当の子供なら、親に対してこんなことを思わなくていいのかもしれない。

無償の愛情を甘受して、ただ微笑んでいればいいのかもしれない。

しかし私の場合は、少々事情が違う。

ニアにはなったが、ニアでしかないわけではない。ニアではない私が無償の愛情をそのまま受け入れることはできない。

ならば、せめて必要以上の迷惑だけは掛けないように生きたい。

そのためにも早く病を治さなければ。

「部屋から出るのは明日からにするわ。朝食の時間を早くして。お父様とお母様をお見送りするから」

「……はい、わかりました」

どう受け取ったかはわからないが、リノキスは少し眉を寄せて笑った。

「……なんか、私よりずっと、気遣いができるんですね」

ん？

「普通じゃない？」

子供だって親に気を遣うくらいはするだろう。

「それが普通だったら私の立場が……」

ああそう。リノキスは気遣いが足りないのか。

「気遣いのできない女はモテないそうよ」

「……年齢が一桁の女児にモテないって言われた……」

リノキスは愕然としていたが、構わなかった。私は闘病に忙しいのだ。

これまでと変わらない一日が終わり、翌日。

注文通り早めにやってきた朝食を片づけ、車椅子に乗せられる。

最近、食物に拒否反応が出なくなったのがありがたい。吐く気配もない。

ただし量的な意味で苦しくはあるが。

毎食絶妙に無理がない量が増えていく。ほんの少しずつ、一匙分ずつ。確実に私の胃を拡張していく。まあ必要だから受け入れるしかないが。

リノキスに押されて部屋を出て、絨毯の敷かれた廊下を行く――その先に老執事が立っていた。そこは玄関ホールで、一階へ降りる階段の前である。

彼はこの家に長く仕える執事である。

長身に、枯れ木のように痩せ細った身体。だが服の下の骨にまとう上質の筋肉を私は見逃しはしない。

今でも強い。

老いた現在、かなり衰えてはいるようだが、全盛期は今の何倍も強かったに違いない。

――まあ、全盛期ならともかく、今のこの執事なら車椅子に乗っていても小指一本で勝ててしまうが。全盛期なら今の私でも左腕一本で充分だろう。それくらいだ。

そんな老執事は、部屋から出てきた私たちを見て頷くと、階下へ向かっていった。きっと最終調整に向かったのだろう。

私たちが玄関ホールを見下ろせる場所まで行くと、しっかり身支度をしてパリッとしたスーツを着た父親と母親が出てきて、足早に玄関へ向かう。

「――お父様、お母様」

私にしてはがんばって声を張り上げた方である。

常人にとっては多少大きな声、程度だったかもしれない。

だが私の声は、すでに今日に忙殺されている父親と母親に届いたようで。

「「ニア！」」

振り返り、車椅子で見送りに来た私を見て、驚嘆の声を上げた。

――小さい一歩かもしれないが、それでも、ニアとして親孝行ができただろうか。

両親の見送りが日課に加わって、一週間が経った。

私がニアになって、約二週間である。

「――そろそろか……」

微妙に増え続ける食事をベッドの上で終えて、呟く。

「はい？」

傍に控えるリノキスに、私は言った。

「もう夜の付き添いはいいわ」

「えっ」

リノキスは毎晩、私が寝ている部屋の外に控えている。私が呼んだらすぐに対応できるようにだ。

特に、咳が出ている時は必ず様子を見る――手遅れになる前に対処できるように。

だが、もう必要ないだろう。

「咳の回数も減ったし、もう大丈夫だと思うの。トイレだって自分の足で行くわ」

「氣」の力で、病魔の攻勢は押し返しつつある。しかし、完治までは遠いだろう。まだまだ先は長そうだ。

だが、ひとまず、大きな山は越えたと思う。

死神の影は消えた。

いきなり容体急変で死亡、などという可能性はなくなったと判断する。

「……そうですね。ここのところ食欲もあるようですし、安定しているように思えます」

「ついでだから言うけれど、食事の量が毎回少しずつ増えているわよね？」

「――ジェイズさんを呼んできますので、相談してみましょう」

「いえ、それより量が」

言いかけるも、彼女は行ってしまった。

あれは明らかに、飯の量が増えていっているのを知っていて黙っていた態度だろう。いや、もしかしたら彼女がそうするように仕向けてさえいたのかもしれない。

まあいい。

毎食胃が苦しくはあるが、絶対に必要な栄養の摂取である。無理をしてでも身体に入れておいて損はない。

それに量が増え続けていると言っても、常識の範囲内だ。

そもそもニアの身体と同い年の子供でさえ、もっと食べているだろう。今私が食べている量は、まだまだ少ない方だと思う。

リノキスがジェイズ……このリストン家の老執事を呼んできたところで、改めてさっき言ったことを話してみる。

もう夜の付き添いはいらない、と。

「……そうですか。お嬢様が大丈夫というなら、旦那様と奥様にお伝えしましょう」

渋い顔――心配を隠すことなく、しかし老紳士ジェイズは私の提案を受け入れた。

「ただしリノキスを隣室に移しますので、もしもの時は鈴を鳴らして彼女を呼んでください。いいですね？　お約束できますかな？」

「ええ」

どうせ鳴らす機会はないだろう。仮にその機会が来たところで、呼ばないという意地を張る理由もない。

――リノキスの夜の監視から逃れられるのであれば、簡単な約束事である。

今日も仕事に出掛ける両親を見送り、部屋に戻ってきた。

「それではお嬢様、私は少し休みますので。何かあったら近くにいるメイドを呼んでください」

リノキスはこれから昼まで仮眠……いや、本格的に眠る。

夜は私のために、不寝の番をしているのだ。仕事とはいえ頭が下がる。まあ今夜からは規則正しく眠れるようになるはずだが。

――さて、と。

リノキスが部屋から出ていけば、ここからは私の時間である。

ニアの生活サイクルは単純だ。

基本的に、食事して薬を飲んで休む、という流れの繰り返しである。

特に「休む」というのが大事で、私が呼ばない限り誰も来ない。

両親の見送りのため、少し部屋から離れている間に、ベッドメイクと簡単な掃除を済ませている。

休む邪魔をしないよう、リノキスが昼食に声を掛けてくるまで、私は一人である。

――非常に好都合なサイクルである。

ベッドからそろりと足を下ろし、ゆっくりと絨毯の床に付ける。

まだまだ痩せこけて弱っている身体は、立っているだけでもつらい。

一応ゆっくり歩くことはできるが、移動は基本的に車椅子か、リノキスに抱えられて、である。

まあ、それも今だけの話だ。

「……無理ね」

少しばかり屈伸してみたが、この運動も難しいようだ。しっかり膝を折ってしゃがみ込んだら、立ち上がれないと思う。

とにかく筋肉が足りない。

身体を鍛える以前の問題である。

人並みに歩けるようになるのも、もう少し時間が掛かりそうだ。――これではいやらしいオーク程度さえ抜き手で胴体を貫けない。手刀で首を刈るのが精一杯だ。

まあいい。

今は筋肉より、やはり病だ。

私はベッドの脇——急にドアを開けられても何をしているか見えない、ドアから見てベッドの向こう側の床に座る。

誰も来ないとは思うが、念のためだ。

誰に見られても困りはしないが、しかし「まだ何も知らない子供のニア」が、こんなことを知っているのは、不自然ではあるはずだ。

膝を開いて坐し、足を組み。

両腕を左右に軽く広げ。

手のひらを上に向けて、組んだ膝の横に浮かせる。

「——うむ」

やはり「氣」は、座禅の型の方がよく巡る。

左手から左脚を通り、右脚へ。

右脚から右手に行き、右肩を抜けて頭へ。

そして左肩を通り、また左手に戻る。

ベッドに横たわっている時よりスムーズに、速く、そして力強く。

弱った子供の身体ではあるが、確かに「氣」は巡り、体内で丹念に練り上げられていく。

身体の中心に病がいる。

未だ病魔に淀み汚れている全身を、「氣」で少しずつ削り、溶かしていく。

これからは、長い夜をこれで過ごせるのは、大きい。

一週間も過ごせば、また次のステップまで回復するだろう。

……ところで、座禅とはなんなんだろう。

相変わらず私の記憶は戻らない。

「こうすればいい」というのは本能的にわかるが、これをどこで覚えたのか、どうして知っているのかは、依然として思い出せないままだ。

……いや、今考えても仕方ないか。

必要な記憶なら、いずれ思い出すだろう。

「さて、病魔よ。これから本腰を入れてあなたと戦おうではないか」

私は病では死なない。

前の人生もそうだった。

それはなんとなく憶えている。

「――初手で殺すべきだった。言っておくが、もうあなたに勝機はない」

そして、今回もそうだ。

この私を殺すのは、二度目であろうと病に非ず、だ。

「お嬢様。今日はいい天気です。外へ出てみませんか？」

昼食を食べていると、リノキスがそんなことを言い出した。

私がニアになって三週間。病は順調に回復している。そろそろ咳(せき)で起こされることなく熟睡(じゅくすい)できそうである。座禅するので寝ないが。

外、か。

窓を見ると、今日はレースのカーテンが引かれている。

それでもなお、眩(まばゆ)いまでの光が差し込(こ)んでいる。確かに良い天気なのだろう。

……ふむ、外か。

いい気分転換(てんかん)にはなりそうだが、それより座禅が組みたいな。

日々の努力が実り、体調はかなり良い。澄(す)んだ「氣」が身体の隅々(すみずみ)に至るまで満ちてきているのを感じられる。

これで体力と筋力が伴(ともな)えば、激しく身体を動かしたいと思うことだろう。

「いいえ、このまま休んでいるわ」

夜から朝まで長時間の座禅。

朝食を食べて、両親を見送り、仮眠を取り。

昼食を食べたら、また座禅だ。

とにかく病魔の彼奴をなんとかしないと、私は何もできないだろう。外に出るのは全快してからでもいいとさえ思う。

それこそ個人的な全快祝いにして、目標に据えるのも悪くない。

「でも、そろそろお日様を浴びた方が……もう三ヵ月以上も外へ出ていません。体調も悪くなさそうですし、お庭を見て回ってみませんか？」

そうか。日光か。

具体的にどうかはわからないが、日光を浴びたら何かしら身体に良い気はする。

こう、身体に太陽の力が伝わるというか、入り込んでくるというか。まあ気のせいかもしれないが。

しかしまあ、確かにリノキスが心配になるくらいには、肌も青白いしな。

「じゃあ少しだけ出ようかしら」

リノキスが我がことのように喜びながら、久しく――少なくとも私は着ていない外行きの服や靴を用意し始めた。

いやいや、車椅子なのに靴って。スリッパのままでいいだろ。

我が家の庭だろ。

靴も着替えもよくない？　いらなくない？

……的なことを遠回しに伝えてみたが、彼女の中ではもはや着替えは決定事項らしい。

まあ、別段強く拒否する理由もないので構わないが。着せてくれるから。私の労力はさほどないし。

着替えくらいは自分でできるようになりたいものだが。今は仕方ない。

「この服はどうですか？」

「ええ」

「こっちにします？」

「そうね」

「あ、でもこっちがいいですか？」

「ええ」

こっちは昼飯食ってるんだが。服を見せるな。選ばせるな。何でもいいから。

なんというか、服はどうか靴はどうか髪型はどうかアクセサリーはどうか、と問われるたびに、「さっさと昼飯を食え」と急かされているような気がした。

なんとはなしに急いで食事を済ませ薬を飲むと、すぐさま着替えさせられる。

レースとかフリルとかいっぱい付いていて、赤いリボンがアクセントの白いワンピースだ。リボンと同じ色で靴も合わせたようだ。返り血が目立つから白はあんまりよくないと思うが。

「どうですか？」と姿見を見せられ——やはり白いな、と思う。子供だな、とも。

ニア・リストン。

四歳の女の子。

最近ようやく食べ物を受け付けるようになった身体はまだまだやせ細り、太陽を浴びていない肌は病的なまでに青白い。まあ実際病気なのだから仕方ないか。

程よく肉が付いていれば可愛いのだろう大きな青い瞳も、痩せているせいで眼孔からこぼれ落ちんばかりに異様に大きく見える。

要するに、色々と身体のバランスが取れていない。

おまけに誰も言わないが、この灰色の長い髪。

両親は、父親が淡い金髪で、母親が明るい茶髪である。どちらも淡い色ではあるが白くはない。

両親どちらにも似ていない、このくすんだ白い髪は……恐らくは、死の崖っぷちまで追い込まれるほど生命力を使った結果、命が尽きた部分なのだろう。

実際、本物のニアは崖っぷちから追い込まれてしまったから。

魔力を使い過ぎたらなる現象である。

でも魔力の使い過ぎは元に戻るが、……三週間ほど経つのに、色が戻る気配はない。もしかしたら一生このままかもしれない。

――今改めて思う。四歳の子供にはつらいばかりの人生だっただろう。

代われるものなら代わってやりたいくらいだが、それは叶わない。

ニアはもういないから。

「私はニア・リストン。

趣味はお薬を飲んで安静にしていることで、現在全力で闘病中の四歳の女の子。

好きな調味料は塩で、好きな味付けは『素材の味を活かした』とかいう戯言ではないちゃんと味付けされたもの。

将来の夢は大人の革靴くらい大きなステーキを、塩以外の調味料で食べること」

――うむ、完全に完璧なニア・リストンだ。

なんとなく言ってみたが、すらすら名乗れた。これでいつ自己紹介を求められても大丈

夫だ。間違えることもあるまい。

溌剌とも元気ともハキハキとも言えないが、一握りの利発さとそれなりに育ちの良さそうな雰囲気は、出せているはず。

髪が白いだけで特筆すべき印象はない——これくらいの控えめな感じが、この女の子にはよく似合っているように思う。

間違っても、いかがわしいオーク程度なら一撃で蹴り殺すようには見えまい。

「あ、将来はパパのお嫁さんになる的な子供特有の媚びへつらいも入れるべきかしら？　一部のパパたちはこういうの喜ぶでしょ？」

「…………」

「どう思う？　卑屈にへつらっておくべきかしら？」

リノキスは苦笑し何も答えず、質問ごと私を抱きかかえて車椅子に乗せた。

玄関ホールの階段をリノキスに抱えられて下ろされる。その途中で、通りすがりのメイドを捕まえ一階にも置いてある車椅子を出してもらう。

「おや。お散歩ですかな？」

一階にいた老執事ジェイズと遭遇するも、私に質問されても私はなんとも答えられない。

私は運ばれるだけだから。散歩をするのはリノキスだ。

ジェイズが玄関ドアを開けてくれて、リノキスに押されて庭へ出た。

——全身に浴びる陽光に目を瞑る。

数ヵ月外へ出ていなかったこの身体には、太陽も外気も刺激が強かった。まあじきに慣れるだろう。というかもう慣れた。

陽射しは暖かく、肌を撫でる風は少し冷たい。

今は過ごしやすい季節だという話だが、風はやや強いだろうか。

そして目の前には、よく手を入れられた鮮やかで見事な庭が広がっている。

……うん、広がっている。果てなく。

「庭、広いのね」

「そうですね。さすがは第四階級貴人様のお屋敷ですね」

ん？　第四？

「その第四なんとかというのは何？」

「あら、聞いたことありませんでしたか？」

「仕方ないわ。私はまだ四歳だもの。知っていることは極わずかで、むしろ知らないことしかないわ。四歳の知識に無知を責めるのは酷なのではなくて？」

「その答えは四歳じゃ出ないと思いますけどね……」

ゆっくりと庭を周りがてら、リノキスが簡単に教えてくれた。

まず、この国は王制で、王を一位として下に十五位まで階級があるらしい。

十五から十二位まではただの庶民で、十一位からは貴人……貴族という扱いになる。貴族でも通じるが、それだと外国の階級制度になるそうだ。この国では貴人となっている。

以上の説明からすると、リストン家は第四位——上から四番目の階級にある貴族、貴人ということになる。

「道理でね……」

果ての見えない庭も広ければ、屋敷も非常に大きい。

両親の品も良ければ、リノキスやジェイズのような使用人もたくさんいる。庭師もいる。目につく限りで三人くらいいる。

病床の子供に充分な薬を与えられ——私を呼び出した怪しい魔法使いを雇うだけの財力も権力もある。

その正体が、金回りのいい支配者階級だというなら、納得だ。

「それで、その第四階級ってどれくらいのものなの？　貴人的に言うと」

「そうですね……貴人様の世界は、庶民出の私には詳しくわからないのですが、第四階級はこの国に十家もない中の一つだそうです。だからかなりのものなのでは？

それに、リストン家は代々この浮島（うきしま）と周辺島を任されております。その数は大小含（ふく）めて十七もあるとか」

ふうん。

十もない家の一つで、十七もの島を領地として持っていると。

なら結構な権力がある家なのかもしれない。

そして、だ。

「浮島というのは？」

気になるワードが多い話だ。

正直、もう散歩より話の方が気になるくらいだ。

これからこの世界でやっていくのだ、知らねばならないことは多いはずである。

私がニアになって二ヵ月が過ぎた。

両親の見送りと、天気のいい日は庭の散歩。そんな日課が安定してきた昨今である。

体調はかなり良い。

最近は咳も出ず熟睡できるようになったし、食事量もこの歳の普通の子供くらいは食べられるようになったと思う。

ちなみにいつからか食事の量は増えなくなった。たぶん今が適量なのだろう。

病魔に関しては、彼奴はもう瀕死という感じだ。

イメージ的には、もうすぐ忌々しい病魔の奴めの喉笛を掻き切れそうだ。

決して油断することなく、じっくりたっぷり時間を掛けて、ねぶるように最後まで削ってやろうと思う。

「おはようございます、お嬢様。今日はニール様がお帰りになるそうです」

うん？　ニール？

「誰？」

「あなたのお兄様ですね。ニール・リストン様です」

最近色々と――リノキス自身のことも含めて、本来忘れないはずの常識的なことを質問してきたせいだろうか。

「兄の名前を知らない」という不自然極まりない疑惑にも、彼女は戸惑うことも躊躇うことも迷うこともなく、するっと応えてくれた。

正直、そんなにゆるゆるでいいのかとこっちが心配になるくらいだ。まあ面倒がなくて私は助かるが。

「私に兄がいたの？」

「その質問はさすがにダメです」

これはダメだったらしい。

仕方ないだろう。本当に知らないんだから。……ゆるゆるすぎるわけでもないのかな。

「アルトワール学院の小学部一年生で、夏休みなので寮から帰省されるのです」

簡単そうに見えて意外と掴みづらい侍女である。

ほう。

「私との関係は良好だったのかしら？」

「私が知る限りでは、接点はほぼなかったと思います」

リノキスは半年前に……いや、今から数えると八ヵ月くらい前にリストン家にやってきた侍女である。倒れたニアに付けられたニアの専属侍女だ。

つまり、彼女はリストン家について、八ヵ月分しか知らないのだ。

兄ニールは、約三ヵ月前にアルトワール学院に入学した。そして寮に入り、入学してからは帰ってきていなかった。

だからリノキスもあまり面識がないそうだ。

五ヵ月前もニアは病床にいたので、家族らしい接点もほとんどなかった。

そんな兄が、長期の休み……いわゆる夏季休暇に入るので里帰りしてくると。そういうことだそうだ。

まあ、しょせん四歳の女児に、兄ニールは六歳の男児である。

しつこい油染みの汚れのような。または心の柔らかなところにどす黒く染みついた血痕のような。

そんな、どうしても拭いきれないような、真っ黒な思い出や因縁があるとも思えない。

兄は兄で帰ってくればいいだろう。

そんなことより、私は病を治すことに専念せねば。

まだ病魔との勝負は終わっていないのだから。油断せずに行こう。

――と、思っていたのだが。

「ああ、帰ってきたようですね」

朝食と両親の見送りを済ませ、散歩に出た。車椅子なので散歩するのはリノキスだが。

この日課が始まった頃に植えてくれた虎無の花は、鉢の中で毎日少しずつ大きくなっていく。

庭師の一人が、あるいはリノキスが気を利かせたのか、私の花としてわざわざ用意してくれたものだ。そんなに気を遣わなくてもいいのに。

なんとはなしに成長を眺めていると、リノキスが空を指差した。

見れば、どこか懐かしい懐古趣味な小型飛行船が、雲のような煙の尾を引き、上空からこの島に……リストン家の敷地の端にゆっくり降下していく。

「木造の飛行船ね。古いものなの？」

毎日両親が乗って仕事へ行き、帰ってくるのだ。空飛ぶ船も見慣れたものだ。

「外側だけですよ。中身は最新型です」

「へえ。お兄様の趣味？」

「ええ。アルトワール学院の入学のお祝いに、旦那様と奥様から贈られたものです。デザインはニール様の好みで決めたそうですよ」

ふうん。どんな兄なのかは知らないが、趣味は悪くないな。

ここから見える範囲での話だが、最近の飛行船は、剥き出しの金属質なものばかりだ。あんな金属の塊が空を飛ぶなど考えられないだろうに。

そして両親は毎日、飛ぶはずのない金属の塊に乗って、どこぞへと仕事へ向かうのだ。ご苦労なことである。

なぜ金属の塊が空を飛ぶのか。まったく恐ろしい時代だ。

冗談は拳打を飛ばす程度にしてほしい。

まあ、これは実際できるが。


私はとっとと部屋に戻りたかったが、リノキスは「いいタイミングですから」と帰るのを渋り、そのまま兄ニールを待つことになった。

隅々まで手を入れ綺麗に整えられた庭をゆっくり回り、池に住んでいる水色鳥が今日も肥え太っているのを確認し、玄関前へ向かうと。

小綺麗な服を着た少年と見慣れない侍女が、老執事ジェイズと話をしていた。

きっと、あれが今し方帰ってきた兄ニールと、兄の護衛兼使用人として同行している専属侍女だろう。

「――ニア⁉」

何事か話をしていた少年が、キコキコとかすかな音を立てる車椅子に乗った私に気づき、走ってきた。

「元気になったとは聞いてたけど、もういいのか？」

「お帰りなさい、お兄様。体調はまずまずといったところです」

感心したように大きく頷き、弱りしなびて痩せ細った私を上から下から眺める兄。単純に驚いている、という感じだ。

兄が寮に入る前のニアは、子供の目から見ても、死相でも見えていたのかもしれない。

実際、相当危なかった。

……というか本物のニアは無事ではなかったので、厳密に言うと「危なかった」というより「半分しか助からなかった」と言った方が正しいかもしれない。

無事だったのは、私が生かしたこの身体のみだ。

「船旅でお疲れでしょう？　早くお部屋で着替えられてはいかが？」

「お、あ、うん。そうしよう」

驚きが収まる前にそう告げると、やや戸惑いながらも兄ニールは「あとでゆっくり話そう」と言い残して行ってしまった。ジェイズと兄専属侍女が荷物を持って追いかける。

「……ふむ」

去り行く兄専属侍女の動きに目が留まる。

あれもなかなか強い。リノキスよりは少しばかりできるようだ。

まあ、私にとっては枝毛の処理より簡単な相手でしかないが。

「気になりますか？　リネットのこと」

私の視線を追ったリノキスが、そんなことを訊いてくる。

「リネットとはあの侍女のこと？」

「ええ。リネットと私は同じ学年で、アルトワール学院中学部の冒険科を一緒に卒業したんです。あの頃は時々パーティーを組んでいたんですよ」

なるほど、二人はそれなりに面識があるのか。

……なるほど、パーティーをねぇ。

………………

ダメか。

リノキスとリネット二人、雁首を揃えた上についでに老執事ジェイズを添えても、私は車椅子に乗ったまま左手一つで勝ててしまう。

こうなってくると最早あれだ。

自分の強さが悪いのかもしれない。強すぎるのが罪なのかもしれない。

ああ、手頃な強者が欲しいものだ。

リストン家に兄ニールが帰ってきて、五日ほどが経過した。

「まだ食卓には来れないのか？」

ちょくちょく私の部屋にやってきては、病床にいる妹の退屈を埋めようとしてくれる優しい兄は、何くれと気を遣ってくれた。

学院のこと、学院での様子を話してくれたりする。

あとはまあ……なんだかんだ兄も暇なのかもしれない。

ニール・リストン。

六歳の男児にして、第四階級リストン家の跡取り息子。

父親の淡い色の金髪と、母親似の美貌を継いでいる子だ。六歳ながらに美形である。そして見た目ばかりではなく、両親ゆずりの青い瞳には深い理性と知性が宿っている。

これは将来きっと、いろんな女を泣かせるに違いない。いや、すでに泣かせているかもしれない。末恐ろしい子供である。

ニアが病気になってからは、両親の関心は、兄ではなく妹に向かいがちだっただろうに。まだまだ二桁にも満たないこの歳で、腐ることなく立派に兄をしていると思う。

「そうね。まだ無理かしら」

私の食事は、まだまだ消化に良い半固形物が多い。

そろそろ硬めの固形物でもバリバリ食べられるとは思うが、今の食事の方が多めに身体に入るため、もっと体力が付くまではこのままの方がいいと自分で判断している。

正直、この身体はまだまだいろんなものが足りていない。

病気はどうにかなりそうだが、身体の衰え(おとろ)と未熟具合は、とにかく食わねばどうにもならない。そもそも発展途上(とじょう)の子供だしな。

兄としては、両親と兄と、そして妹たる私と、家族四人で同じテーブルに着き食事をしたいようだが。

その望みが叶うのは、早くても夏休みの終わりの方だろう。二、三週間後くらいだ。

「しかし一日中寝(ね)ているだけじゃ退屈じゃないか？」

「必要なことだもの」

退屈かそうじゃないかで言えば、そりゃ退屈である。

こうして兄がちょくちょく来るせいで、座禅も夜しか組めないし。

私がニアになった頃は、そんなことより死なない努力をするのが最優先だった。退屈だなんだと贅沢(ぜいたく)なことは言っていられなかった。

今では順調に回復してきており、いろんなことを考える余裕(よゆう)も生じてきた。

両親の見送りとか、散歩とかも、生まれた余裕に付随(ふずい)した結果である。

「そろそろいいんじゃないか？」

と言った兄は、私ではなく、控えているリノキスに顔を向けている。

「私の独断ではなんとも……あれは旦那様(だんなさま)と奥様(おくさま)の許可が必要ですので」

あれ？

なんのことだろう？

素直に気になったので「なんの話だ」と問うと、兄は少し怪訝そうな顔をして言った。

「何って魔法映像だよ。魔晶板。ニア、好きだっただろ」

マジックビジョン？　ましょうばん？

――ほう！　これは！

兄がどこぞから持ってきた透明な水晶の板。

横が四十センチ、縦が三十センチほどの長方形で、非常に薄く加工してある。見た目だけで言えば窓ガラスのようだ。

「氣」を伴わない私の頭突き一発で粉々にできそうなほど繊細なもので、額縁のような木枠にはめ込まれて強度の保護をされている。

それと、木枠に施された魔法処理で宙に浮くようにできており、任意の場所に浮かべておけるようだ。

そんな水晶板――魔晶板を兄が近くに浮かべ、操作すると、そこには板越しに透けて見える私の部屋ではなく、違う景色が映し出された。

――赤く染まる世界。夕暮れ時だろうか。連なるように密集した小さな浮島の群れから、たくさんの渡（わた）り鳥（どり）が夕陽を浴びて遠くに飛び立つ景色。

瞬時（しゅんじ）に切り替（か）わり、次の景色が映る。

――どこかの観光地だろうか、果てなく続く石の階段を下から見ている景色だ。階段の上に何があるのか気になるが、そこまでは映っていない。

原理も理屈（りくつ）もよくわからないが、とにかく「どこぞの景色」を映し出す板のようだ。それも弦楽器（げんがっき）の音まで流れてきている。

映像と音を再生するこの板には、なかなか驚かされた。

――私のこの反応からして、きっと私も知らない文化である。

これは面白（おもしろ）い。

退屈も凌（しの）げそうだし、知識を得ることもできそうだ。

「外に出られない分、お嬢様（じょうさま）は魔法映像（マジックビジョン）を観（み）るのが好きでしたね。しかし魔法映像（マジックビジョン）には刺激が強いシーンも流れることがありますので、旦那様が禁止したのです」

と、リノキスがニアの現状を補足してくれた。

「ああ、そうだったわね」

ニアなら知っていて当然の情報である。さもその通りだとばかりに私は頷（うなず）いておいた。

……なんかリノキスが若干呆れた顔をしている気もするが、気にしない。

「父上は驚いて身体に障るから禁止したと言っていたが、今のニアなら大丈夫なんじゃないか？」

兄ニールの言うことは一理ある。

今の私なら大丈夫だろう。

病なら毎日ねじ伏せて踏みつけて蹴り転がしている。すっかり大人しくなって日に日に痩せ衰えているところだ。そろそろ反抗心もなくなりそうだ。

今の私は知らないことが多すぎる。

この魔法映像とやらがあれば、この部屋にいながら、いろんなことを知ることができるだろう。映像を観てリノキスに質問してもいいし、ただ憶えるだけでもいい。

本でもいいが、本に書かれていることは過去のことばかりだ。

実際にあったことでも、創作の物語でも、専門的な推察でも記録でも。

どれもが過去のことだ。

現在と照らし合わせると、過去と今とで内容に齟齬がある場合も多いだろう。

しかしこれは、多少のタイムラグがあろうと、「現在」の情報を映像付きで得ることができる。

こんな夢のように便利な道具が存在するとは。

遠くの景色を手軽に観られるなんて、本当にとんでもない話だ。現時点でもすごいのに、更（さら）なる発展と利用方法がいくつも思（おも）い浮かぶ。

まさに奇跡（きせき）の発明品である。

こんなものがあるなんて知らなかった。

人類は進んでいる。ぼんやりしていたら置いていかれてしまいそうだ。

「でかしたわ、お兄様。このお礼は必ずするから」

「ん？　うん……若干（じゃっかん）上から目線なのは気になるが、気にしなくていいぞ」

夜、仕事から帰ってきた父親を捕まえて自分から話をし、晴れてニアの魔法映像（マジックビジョン）が解禁となった。

父親はあまりいい顔はしていなかったが、首を横に振ることはなかった。

まだニアの体調が心配なのだろう。

そして、色々と気になる魔法映像（マジックビジョン）周辺の話も聞いたのだが、今はまだ気にしなくていいだろう。

魔法映像（マジックビジョン）解禁という、私の生活に大きく関わってきそうな一大事があったものの。

「あ、お嬢様。この時間からは禁止されています」

とか。

「お嬢様、その映像は許可が下りていません」

やら。

「お嬢様、ダメですよ」

だの。

「お嬢様」

もう声を聞いただけで用件がわかる。はいはい消しますよ。

——とにかくリノキスの規制が多かった。

正確には両親からの言いつけらしいが……とにかく観てはいけない映像が非常に多い。

——浮島探検ものはダメ。

現役の冒険家が未開、未踏の浮島を探索するというものだが、普通に魔獣が出てくるので生き物が死んだり、時々人が死んだりもするそうだ。血も出る。

正直、すごく観たい。

血が飛び散ったり辺りが騒然となる殺戮と暴力のシーンとか、すごく観たいのに。

——次に、恋愛ものの全般の劇。

男女がイチャイチャする、会いたいだの会いたくないだの、一目見たいだの、君の瞳に映りたいだの、仕事と私とどっちが大事なのだの、私のために争わないでだの。冷たい旦那に不満を抱く妻がふと気付くたくましい肉体を持つ配達員の若い男だの。

面倒臭い人間関係と愛憎を描いた芝居は、非常に人気があるらしいが、私には禁止である。

子供には刺激が強すぎるから、と。

まあ、禁止されようがされまいが、観るつもりはないが。話を聞くだけでお腹いっぱいだ。片っ端から殴り倒してやりたくなるほど、じれったいだけである。

好きならさっさと口説け。

場合によってはさっさと押し倒せ。

もじもじするな。

一言好きだと、愛してると言え。

たったそれで事足りるのに、何時間も何時間も、劇中設定では何日も何日も、場合によっては何年も経っている設定で。あまつさえ老人になってまでも。老いてなお性欲全開で。

そんな話をリノキスから聞いただけで、私は腹が立ってきた。実にまだるっこしい。

ちなみに、夢見る少女のように数々の恋愛物語をうっとり語ってくれたリノキスは、この手の劇が大好きらしいが。

本当に気が知れない。

そして「じれったいだけで面倒ね」と本心を吐露した結果、リノキスから生暖かい微笑みを向けられながら「まあどれだけ大人びた四歳でも、しょせんは四歳ですものね。ただ感情のまま好きって言えない大人の心の機微とかわかりませんよね」などと返された時の屈辱たるや。

この恨みは一生忘れない。

――他には、「美しい風景」という、世界に存在する絶景を映したもの。

私に許可されている数少ない映像である。時折魔獣が映ることもあり、かなり興味深い。遠い彼方を飛ぶ翼竜とか……あれくらいだとさすがにきついな。今の私で勝てるかどうか。

その内、私が知っている映像も、映るかもしれない。

記憶がないので、私が何を知っているかが依然わからないままだが。

――そして最後に、リストン領遊歩譚。

両親が治めるリストン領地の田舎を、顔がくどい中年男性がなんとなく歩き、その地域の郷土料理やお店を訊ねるという……しくまれた旅の映像、とでも言えばいいのだろうか。

意外と楽しいので観ている。出演者の顔がくどいけど。

あとは不定期に歌や踊りの映像があったりするくらいである。

この魔法映像と魔晶板という物、まだ発明されてから歴史が浅いそうだ。

映像――番組も少なく、リノキスが言うところの「裏番組」というのも、一つしか存在しない。

同じ時間に観られる映像は二種類で、二つのチャンネルしかないわけだ。

放映している番組自体も少ないので、再放送も多く、丸一日新しい映像が流れることがない、というのもざらにある。

そして私が観ることを許可されている番組は、更にその中の一握りとなる。

つまり、魔法映像という情報源が増えたところで、私の生活にはさほど変化はないということだ。

だって観られる番組も一握りだし、その一握りの中には再放送も多く含まれるのだから。

いつも通りの生活サイクルのまま、毎日朝は両親を見送り、座禅を組んで病気と戦い、庭の散歩をして。

そんな闘病生活の中に、魔法映像の文化は、どれを邪魔することなくすっと入ってきた。

観られるけど観ていい番組が少ない、という制約があるから。

——ただ、それでも有益だとは思うが。

外界への知識が不足している私には、これ以上ないほどの情報源である。

それを与えてくれた兄には、ぜひお礼をしたかった。

何をするかはもう決めてある。

兄ニールは、屋敷に戻ってきてから、ずっと剣術の稽古をしている。

兄専属侍女のリネットに相手をしてもらい、毎日毎日木剣を振るっては叩きのめされている。

なかなか厳しい稽古風景で大変結構である。

そう、やるならこれくらい本気でやらないと、身に付かないからな。いざ実戦という時にまったく役に立たない。

貴人としての嗜みではなく、武人としての心得なら、ここまでやる必要がある。

なんならもう少し激しくやっても……いや、さすがに六歳の子供にこれ以上の稽古はまだ早いか。

日課の散歩の時やっているので、兄の稽古はよく眺めているのだが。

私が口を出すなら、ここしかないだろう。

「――ちょっといいかしら」

しばらく見ていると、兄が叩きのめされた。息切れのせいで立ち上がれなくなってしまった。

少し間が空いたこのタイミングで、私は声を掛けた。

兄はまだ六歳。

身体も出来上がっていないし、いろんなものが足りていない。

リネットもかなり加減はしているようだが、それでもまだまだ届かない相手である。まあ私なら指先一つでどうとでもなるが。

しかし指先一つでどうにかしてしまえたとしても、今ここでやる意味はまったくない。意味がないことをするほどの余裕はないので、やめておく。

「お兄様。剣はぶつけるものではなく、押したり引いたりして刃で斬るものよ。そうじゃないと刃が欠けてしまうわ」

小さな身体で力任せに木剣を振るう兄は、歳のわりにはかなり動けていると思う。

ただでさえ、まだまだ筋力が足りない身体を駆使し、体重を乗せることで威力を上げている。

連撃はできないが、一撃一撃が重いスタイルだ。

一撃で勝負を終わらせる戦い方を目指しているのか、それとも足りない部分を今あるもので補おうとした結果として、必然的にそうなったのかはわからないが。

一つのヒントくらいは、与えてもいいだろう。

「お、お嬢様……！」

私が車椅子から立ち上がると、リノキスも、あまり面識のないリネットも、そして倒れたままの兄も驚いていた。

いやリノキスは知っているだろう。私が自力で立てることくらい。もう夜中のトイレくらい自力で行けるぞ。なぜ驚く。

私は視線に構わず、兄が握っていた木剣を拾う。

……子供用の短く軽いこれでも重いと思う。この身体はまだまだ弱い。

「横に構えて」

「え、あ、は、はい……」

戸惑うリネットが、戸惑いながらも言われた通り、自身の持つ木剣を水平に構える。

「剣は叩きつけるのではなく――」

私は木剣を振り上げる。

兄より身体が小さく、また兄より身体が貧弱なので、私が満足に振れるのは一回が限度だろう。

だから、ちゃんと見ておくように。

両手に握り、まっすぐ振り下ろすために上段に構える。

呼吸を整え、「氣」を練り、静かに一歩踏み込み。

「――斬る」

カッ

木と木が当たる音がした。

しっかり振り下ろして刃を引いて斬った――はずの私の両手から、木剣が消えていた。

……ううむ……「氣」で補助しても一振りもできないのか。この身体は。

リネットが構える木剣の腹に、私が振り下ろした木剣が食い込み、止まっていた。

鋭さのない木製の刃が、半分までは通ったようだ。

しっかり握っていればあれくらいは切断できたはずなんだけど。あまりの握力の弱さにすっぽ抜けてしまった。

まあ、今の私には、これくらいでも上出来かもしれない。

そもそも武具の扱いは苦手だしな。私は素手の方が斬れる。

「…っ」

全力を込めていた身体から、ふっと力が抜けて倒れそうになる。

どうやら今の一振りで、肉体が限界を迎えてしまったようだ。筋力どころか体力さえひどい。

尻もちを着く前に、リノキスが素早く後ろから抱き留めて、私を車椅子に戻した。いや、悪いね。ちょっと急にがんばりすぎた。

身体中が疲労感に蝕まれる中、背もたれに寄りかかって一つ息を吐く。

「武器の構造とは、とても理に適っているものよ。長い年月を掛けて効率化を求め、目的に特化しているのが、現存する武器の形だから。……はあ。

今のお兄様のように、ただ力任せに叩きつけることだけ追求するなら、剣である必要はないと思うわ。棍棒とか、もう少し重量があって頑丈な物の方が……ふう」

もっとも、武器を選ぶ以前に身体ができていない、というのも大きいが。

しかし、身体ができていないからこそ、武器の特性と利点と特長と欠点に造詣を深めるのは、身体以外で強くなる方法の一助にもなりえる。

武具を知る。

それもまた武である。

あとは本人が将来的にどうなりたいかによるので、突っ込んだことは言わない。

……それにしても身体がしんどいな。息切れが……

「お邪魔しました……はあ。リノキス、行きましょう」

驚き固まっている兄とリネットに挨拶(あいさつ)し、その場を後にした。

それにしても、この身体の弱いこと。

筋力などに頼(たよ)らず、無理やり身体を「氣」で動かしたのに、それでも負担が大きい。

いや、動きの許容範囲(はんい)が小さい、と言った方がいいのか。

可動域が狭(せま)い、でもいいかもしれない。

人並みに生活できるようになるまで、あとどれほどの時間が必要になるのだろう。

――まったく。「氣」の訓練の時間だと思えば、私は然(さ)して不都合もないが。

しかし、ただの子供にはつらすぎるだろう。

私が入る前の、ニアの苦労を思わずにはいられない。

第四章　転機となる冬のこと

もうすぐアルトワール学院が冬期休暇に入るそうだ。

今日もベッドの上に、朝食が並び。

夏季休暇が終わり学院の寮に戻った兄ニールが、再び帰ってくる、という話から。

「お嬢様。そろそろテーブルに戻ってもよろしいのでは？」

――寒さが厳しくなってきた昨今、そろそろ本格的に身体を鍛えてもいいかもしれない。

そう思っていた矢先の、リノキスの言葉だった。

テーブルに戻る。

家族の座るテーブルに戻れ、という意味だろう。

消化の良さを追求したような食事は、すっかり普通の固形物の多いメニューに変わり。

先月誕生日を迎え五歳となった私が食べるには、不足ない内容と量になっていると思う。

最近は、命を削るような咳をすることは全くなくなった。

屋敷内くらいなら歩き回れるようになった。

身体はまだまだ貧弱なままだが、それはこれから鍛えればいいだけの話。

はっきり言おう。

今の私は、もう病弱な子供ではない。

病気を克服(こくふく)した直後の、身体が弱っている子供である。

この状態なら、まともな生活に戻っても大丈夫だと思う。

――ニア・リストン、ついに病を克服してしまう、か。

やはり病では死ななかった。

強さとは罪である。ああ、敗北を知りたいものだ。

夏、兄がもたらした魔法映像(マジックビジョン)と魔晶板を得て以来、私の生活に大きな変化はなかった。

季節に合わせ、緩(ゆる)やかに表情を変える庭を見ながら。

日々繰(く)り返す「氣」による治療(ちりょう)と、弱り切った身体を食事で強くする。

それだけに集中していた結果、ようやく病は叩き伏せた。

今度の医者の往診(おうしん)で問題なしの診断(しんだん)を貰(もら)ったら、闘病生活は終わりにしてもいいだろう。

「次の定期診察(しんさつ)で許可が出たら、病床(びょうしょう)を引き払(はら)いましょう」

リノキスの提案にそう返すと、彼女(かのじょ)は嬉(うれ)しそうに「旦那様に伝えておきます」と答えた。

「それで、そのぅ……今日も見てほしいんですけどぉ……」

「後でね」

とにかく今は朝食だ。早く済ませないと両親の見送りに遅(おく)れてしまう。

ベッドの脇(わき)に浮(う)かせた魔法映像(マジックビジョン)を起動し、この時間に放送している「リストン領遊歩譚」を眺めつつ朝食を食べるのも、朝の定番となった。

……お、今日は再放映じゃないな。くどい顔の出演者が落ち着いた語り口調で話しつつ、田舎の道を散策している。

「あ、ここ私の実家に近いですよ」

へえ。

――「ああ、これはおいしいですね」

くどい顔の中年男は、リノキスの故郷だという田舎の地酒を呑(の)んでご満悦(まんえつ)だ。

――「そちらは？　チーズ？　ほっほう～。これはもう、匂(にお)いでおいしいのがわかるね」

うるさいなこいつ。朝から酒なんぞ呑みおって。

「この人、最近お酒ばかり呑んでいるわね」

最近、本当にそんな映像ばかり見ている気がする。割合的に三分の二は酒を呑んでいる場面があるんじゃなかろうか。

羨（うらや）ましい。いやけしからん。……羨ましい。

私も呑みたいのに。人の気も知らないで。

さすがに今生での飲酒は、あと十年以上は待たないといけないのに。

チーズ。酒。酒。チーズ。美女の酌（しゃく）。チーズ。酒。酒。酒。赤ら顔で自分へのお土産（みやげ）選び。美女。美女。美少女。おばさん。酒。

くどい顔をしてやりたい放題である。

朝からなんてものを放送しているんだ。羨ましい。羨ましい！

「魔法映像（マジックビジョン）で流れるだけで、商品価値が上がるみたいですよ」

この放映を観た者が、やりたい放題している酒やチーズを購入（こうにゅう）するそうだ。

いわゆる宣伝効果が見込（みこ）めるわけだ。

……確かに、こんなにくどい顔の中年男がおいしそうに酒を呑んでいるのを見ていると、こっちも呑みたくなるのは否定できない。

「お父様はこれでいいと思っているのかしら」

ブツブツ文句を言いながらもしっかり酒とチーズを嗜んでいる彼奴（あいつ）を観つつ、こっちはこっちで朝食を平らげた。薄味（うすあじ）のやつを。

今日も両親の見送りをして、一日が始まった。

その日の夜のこと。

後から振り返れば、やはりこの冬の日が、いろんなことの転機となったのだろうと思う。

「ニア」

夜、両親が部屋へやってきた。

リノキスから話を聞き、様子を見に来たそうだ。

「聞いていると思うけど――」

もうすっかり病は治ったこと。

流動食めいた食事はもう食べていないことを告げ、そろそろ病人はやめようと思う旨(むね)を直接伝えた。

「お父様とお母様が毎日忙(いそが)しいのは知っています。これ以上心配を掛(か)けるのも嫌(いや)なので」

今日も両親の帰りは遅(おそ)かった。

二人とも、帰るなり玄関先(げんかんさき)で私の伝言を聞き、仕事着であるスーツのまま着替(きが)えることなく、この部屋に来ている。

朝早く仕事に出て、夜もこんな時間だ。

しかも今日は、これでいつもよりまだ少し早いくらいだ。

移る病気かもしれないから、と私から極力会うことはしなかったし、面会もできるだけ断っていた。

毎日見送りはしていたが、逆に言うと、ほぼそれだけの接点しかなかった。

そんな生活をやめたい、と自分からはっきり告げた。

父親と母親は顔を見合わせ、頷き合った。

「ニアが決めたなら、そうしなさい」

「私たちはあなたを尊重するわ。もう大丈夫だと思うならやってみればいいのよ」

二人は左右のベッドサイドに座り、上半身を起こしている私の身体を左右から抱いた。

――この愛情を受け取るのが、ニアじゃなくて私なのが、少し申し訳ない。

「ところでニア、前に少し話したことだが、大丈夫かい？」

もちろん覚えている。

そして、覚悟(かくご)も決まっている。

「私が魔法映像(マジックビジョン)に出ればいいんでしょう？　大丈夫よ」

私が答えると、なぜかリノキスが「きゃー」と小さく歓声(かんせい)を上げていた。……映像っ子である彼女はすごく出たいんだろうな、きっと。

発端は、今や一年前のことになる。

元々身体の弱かったニアが重い病気となり、何人もの医者に見せても治療の目途が立たず、このままでは死を待つだけだと診断された直後のことである。

――両親は、魔法映像で広く「ニアの治療法を探している」と訴えたのだ。

この魔法映像の映像だが、実はチャンネルの一つはリストン領地内の会社が撮っている。

いや、正確に言えば、両親の仕事が魔法映像リストン領配信チャンネルの制作運営会社で、魔晶板で観る映像を作ることである。

つまり、両親は放送会社の経営者だ。

毎日忙しいのも魔法映像関係で動いているからである。

チャンネルの数は、この魔法映像の事業に乗り出している領地の数である。

今はまだ、王都アルトワールと、第四階級リストン領の二つのみであるが――いち早くこの事業に大きな可能性を感じた両親は、すぐさま自領に導入したのだ。

映像を撮る・作るのも、魔晶板を作成するのも、また放映するのも、コストの問題でまだまだ一般に普及しているとは言い難い。

現状は、金銭面に余裕のある屋敷や組織が、自分たちも参入するべきかどうか判断するために、一応魔晶板を購入して様子を見ている、という段階である。

両親は、コネや権力や財力をフルに使い、まだまだテストケースという段階から食い込み、いち早く権利を手にしたそうだ。

穏(おだ)やかな両親しか知らない私だが、やはりこう、家庭での両親と仕事での両親とでは違うのだろう。

先見の明があるというか、仕事に関して非凡(ひぼん)な才を持っていて、厳しい面や強引(ごういん)な面を持ち合わせているのだと思う。

それはともかく、魔法映像(マジックビジョン)と魔晶板である。

発想はすごい。

魔法道具関係は素人(しろうと)の私でさえ、いろんな可能性を――非常に露骨(ろこつ)に言えば、莫大(ばくだい)な金の匂いがする発明である。

が、あまりにも新しい発想すぎて、そしてそれに掛かる費用がまだまだ高すぎるとあって、多くの参入者候補が様子見をしている。

非常にゆるやかに広がりつつある、というのが現状だそうだ。

――まあ、この手の難しい話は理解できるできない以前に、子供にはあまり話してくれないので、わからないことも多いが。

両親は、広く……アルトワール王国中に、私欲丸出しで娘(むすめ)の治療法を呼びかけた以上、「その結果」を公表する義務がある、と考えていた。

広く世間に、映像を通じて娘の治療法を呼びかけた結果。

最後の最後、ニアが半分死んでしまった瀬戸際に。

怪しげなフードの男が、恐らくは禁忌の邪法で、一時的な——ほんの数日だけの延命というなんの解決にもならない措置をした。

たまたま延命のために呼び出され、「もう一度死ぬ役割」を与えられたのが、私である。

——この一連は、奇跡である。

どれ一つ欠いても私には繋がらなかった。奇跡的に私に繋がったから、連れて行こうとする死神の手を払うことができた。

記憶はない。名前も忘れた。この世の常識もかなり怪しく、この身体の記憶も覗き見ることができない。

いわばただの他人だ。

しかし、たまたま呼ばれた私は、「氣」が使えた。

ニアの病気を治す方法を心得ていた。

もし私が「氣」を修めていなければ、とっくにニアの身体ごと「もう一度」死んでいただろう。

確率で考えれば、ありえないほどの奇跡である。

数多の眠りについている魂の中から、治療できる私が呼ばれたという奇跡。

もはや運命の悪戯か。

それとも偉大なる何者かの意図でもあったのか。

無作為に呼ばれたというのなら、私はむしろ導かれたと思った方が相応しい気がする。

――もしくは私が強すぎたせいだろうか。

罪深いほど私が強すぎたせいで、この数奇な人生を任された……そう考えられはしないだろうか。

ふむ。

そう考えると、むしろこれ以上がないほどしっくり来る理由である気がしないでもない。

いや、たぶんそうだな。私が強すぎるのが原因か。

……冗談はともかく、考えたってわからないことなので、何でもいいのだが。

それよりだ。

広く娘の治療法を呼びかけた結果。

最後の最後、ニアが半分死んでしまった瀬戸際に。

私が入り、治癒し、ニアとして生きることになった。

――この結果を、魔法映像(マジックビジョン)を通して公表する。

両親はこれを義務と考え、私に魔法映像(マジックビジョン)に出て、病は治り生きていることを自分の口から語ってほしいと言った。

たぶん、できないと言えば、違(ちが)う方法を考えてくれるとは思う。

だが、私はできるので言わない。

特に両親の望みというなら、ニアとしてはやらなければならない。

彼女の身体を貰う代わりに親孝行をするのは、私の義務だから。

――というわけで、私は魔法映像(マジックビジョン)に出て、生存報告をすることになる。

散歩のために屋敷(やしき)から出たところで、リノキスに木剣を渡(わた)される。

「じゃあ、お願いします！」

「はいはい」

私は車椅子から立ち上がり、彼女が水平に構える木の棒を、一振りで音もなく斬り捨てる。ああ疲(つか)れた。疲れる。

今日もリノキスが大好きな「木の棒を木剣で斬る」という、まあリハビリにはちょうどよさそうな技とも言えない技を見せてやる。

前の夏季休暇で帰ってきた兄ニールに見せて以来、よくせがまれるのだ。

「こんなのどこで習ったんですか？」

切断面を観察しているリノキスのそんな質問は、数えきれない回数されている。

「気付けば知っていたわ。きっと本じゃないかしら」

「でもお嬢様、難しい文字はまだ読めませんよね」

「絵本があるじゃない」

「絵本に木剣で木を斬る方法は載ってないです」

「あまり聞かないの。女の秘密の一つよ」

「ご、五歳児がすでに女の秘密を……」

知らないのか。

女は何歳であっても女であるということを。

むしろ十五、六という多感な適齢期にあるくせに圧倒的に低い、リノキスの女子力の方が問題ではなかろうか。

どろどろの面倒臭い愛憎物語とか好きなわりに、なんでこんなに女性らしさを感じないのか。

やれやれと車椅子に座り直し、空を見上げると――寒風吹く青空の彼方に、懐古趣味な小型飛行船が見えた。

アルトワール学院が冬期休暇に入ったため、兄が帰ってきたようだ。

ということは、魔法映像の撮影ももうすぐか。

家族全員が揃ってから屋敷の前で、という話だったから。

案の定というか、思ったより早かったというべきか。

兄ニールが帰ってきた翌日には、撮影班と呼ばれる魔法映像の撮影をする人たちがやってきた。

今日は仕事に出ず家にいた両親。

帰ってきた兄ニール。

そして医者から完治の太鼓判を押された私と、私の専属侍女リノキスや兄専属のリネット、老執事ジェイズを始めとした大勢の使用人たちと。

リストン家の主立ったメンツが、屋敷の前に集められた。まあ使用人たちはただの見学だが。

そんな野次馬交じりの視線の前で、撮影班はテキパキと準備を進めている。

「局長。簡単な打ち合わせをいいですか?」

その中の一人。

撮影班の代表っぽい風格がある、若干顔がくどい中年男がやってきて父親に話しかけた。

……あれ？

どこかで見たくどい顔だと思っていたら、興奮したリノキスが耳元で囁く。

「――お嬢様お嬢様！　ベンデリオですよ、ベンデリオ！　ベンデリオ！」

そうだ。

あのくどい顔は、「リストン領遊歩譚」で、人の気も知らないで朝から酒を呑み散らかす憎いあいつ、番組の案内人ベンデリオじゃないか。

でもこうして見ると、若干精力が強そうって感じにくどいくらいで、映像で見るほどくどくはないな。ちょっと服装が派手めな、少し若作りをがんばってる普通のおとうさんって感じだ。

ああそうか。

あのくどい顔は化粧なのか。

今の方が見た目はすっきりしていていい気がするが、きっとそれなりに、精力が漲っていて脂ぎっている系に顔をくどくする理由でもあるのだろう。

「――君がニアちゃんだね」

父親と簡単な打ち合わせをしたベンデリオが、父親と一緒に、車椅子に座る私の方へやってきた。

おお……本物だ。

近くで見れば、本当に本物の案内人ベンデリオだ。

魔法映像だと、得意げなくどい顔が若干イラッとする時もあるが、こうしてみると本当に普通の気のいいおじさんという感じである。

わざわざしゃがみ込んで目線を合わせてきたベンデリオに、私は挨拶する。

「初めまして、ベンデリオ様。ニア・リストンです。あなたのお顔は魔晶板で毎日観ていますわ」

第四階級貴人にしてリストン領領主の娘として、恥ずかしい受け答えはできない。

おぼろげにある、拙い知識の中の「お嬢様らしさ」をフル動員して挨拶する。

まあ子供なのである程度の無礼は許されるだろう。

それより何より、一番見せてはいけないのは動揺、そして緊張である。

そういうのは付け込まれる。

たとえ動揺して緊張して余裕がなくとも、余裕がある体で構えること。それが強者と向き合う時の最低限の心構えである。まあベンデリオは強くはないようだが。

――まあ、私は全然動揺も緊張もないし、余裕はたっぷりあるが。むしろすぐ後ろにいるリノキスの緊張感が伝わってくるのが鬱陶しいくらいだ。

「ほう……毎日ですか」

ベンデリオは、思ったよりしっかりしていて溌剌とも元気ともハキハキとも言えないが一握りの利発さと育ちの良さそうな雰囲気たっぷりの私の挨拶に、満足げに一つ頷く。父親も頷く。よし、無礼はしてないな。粗相もないな。今のところ。

「ちなみに感想はどうかな？」

「ゆるやかでおだやかで、私は好きです。――ただ最近飲酒のシーンが多すぎるのでは？」

「なるほど。そうだね、僕も多いと思うよ」

と、ベンデリオは苦笑する。生で見るとやはりくどい顔だ。

「しかし地方の酒や特産品は、視聴者の受けがよくてね。放映のあとはよく売れるんだ」

それはリノキスも言っていたな。宣伝効果があるとかなんとか。

……確かに気持ちはわかる。

ベンデリオが人の気も知らずに朝っぱらから酒を呑んでいるのを見ると、私も呑みたくなる。

そう、私のような人が購入するのだろう。

「ニア。原稿は憶えたかい？」

「はい、お父様」

私が生存報告する言葉は、事前に両親が考えた。私はそれを憶えただけだ。まあ短い文章なので問題ない。

「――局長。ニアちゃんのメイクはどうしましょう？」

撮影班の一人、化粧道具を持ってきた女性に、父親は「今日は天気もいいし必要ないだろう」と答えた。

なるほど、やはり映像映りのよい化粧があるのか。ということは、ベンデリオのくどい顔もそういう理由なのかもしれない。

「……じゃあ、その、髪の色は、どうしましょうか……？」

躊躇いながらも聞いてきたのは、両親の髪の色と、私の髪の色が違うからだろう。

私の髪は灰色のままだから。

生命力を失った頃のままだから。

「それは……」

「このままでいいわ」

明らかに父親が迷っているようだったので、私の意見を言っておいた。迷うくらいなら私の意志を優先してくれ。

「この髪は病気と戦った証だから。何も恥じることはないわ」

それも、私ではない。

ニアが戦った傷跡にして、彼女がいた証であるから。

いつまで白いままかはわからない。

もしかしたら一生この色のままかもしれない。

どっちであろうと、彼女の傷跡を隠す気も恥じる気も、私にはない。

「……わかった。ニアがそう言うならそうしよう」

撮影の準備が整った。

脚立のような脚を立てて地面に固定している黒い箱。カメラというらしい。

そのカメラに付いているガラス――レンズで映像を記録するので、視線はそこへ向けるようにと言われた。

父親と母親がすぐ後ろに立ち、私の隣に兄が立ち、中央には車椅子に座った私がいる。

そして、リストン家に仕える主立った使用人たちが後ろに並び控えた。野次馬かと思ったが彼らも映るようだ。

いよいよ撮影が始まるとなって、使用人たちが露骨に緊張し始めた。しゃべる予定もないのに、そこかしこから咳払い(せきばら)の声が止まらない。

両親は経営者だけに慣れているのかな？　余裕である。兄は……ちょっと緊張気味かな。私も余裕である。

病で命をすり減らしていたニアになり立ての頃の方が、よっぽどスリリングで緊張感のある時間を過ごしていた。

何があろうと、死ぬよりマシだろう。実際私は一度死んでるし。

そう思えば動揺もしないし、そんなに感情も揺(ゆ)れない。

私を緊張させたら大したものだ。

「ではいきますよー！　視線カメラにお願いしまーす！」

カメラの傍(そば)にいるベンデリオが、上げた右手の五指を一つずつ減らし、撮影スタートの合図を出した。

指がなくなったら始まりますよ、というものである。

「――視聴者の皆(みな)さん、おはようございます。リストン家当主オルニット・リストンです」

父親は堂々と、娘が助かったこと、多くの助力があったことに感謝の意を述べる。

母親、兄と一言ずつ言葉があり――打ち合わせでは、ここで私に映像が寄る、そうだ。

こっちではなんの変化もないが。

「――」

原稿に用意されていた言葉を、私は溌剌とも元気ともハキハキとも言えないものの一握りの利発さと育ちの良さそうな雰囲気で述べる――と、ベンデリオが「カットォ！」と叫び、撮影が終了した。

あまり実感がないが、これで撮影は終わりだそうだ。

やれやれ、私の義務もこれで終わりだな。ああ疲れた。

今思えば、ある程度は両親も予想していたと思う。

それなりの反響はあるだろう、と。

もちろん家族を助けたいと思ったのも嘘ではないし、助けるための最善を尽くした結果がこれだった、というのも紛れもない事実だったと思う。

しかし。

――病床の女児が救われた。

この事実への反響は、決して小さくはなかった。

まだまだ多くの者たちが様子見をしている魔法映像界隈で、医者も匙を投げるような病人を救うことができたという実例ができたのである。

この結果を見て、多くの起業家や投資家、領地を治める貴人たちが、魔法映像(マジックビジョン)が持つ可能性と莫大な利益を確信する。

これまでは緩やかに広まりつつあった魔法映像(マジックビジョン)の文化が、これから爆発的(ばくはつてき)なまでに一気に広がることになる。

そして、私は――

「――じゃあニアちゃん、よろしくね！」

はいはい、と車椅子(くるまいす)から立ち上がり、カメラの前に移動する。

「三、二、一、――」

現場監督(かんとく)の指がなくなり、撮影がスタートした。

「――おはようございます。『ニア・リストンの職業訪問』、今日は刀剣(とうけん)復元師さんの職場にお伺(うかが)いしたいと思います」

そして私は、魔法映像(マジックビジョン)を広めるための広告塔(こうこくとう)として、映像に映る仕事を任されることになった。

「――約一年前、私の娘ニアが病に倒(たお)れました。あらゆる医師、魔法医、魔草学(まそうがく)の権威(けんい)や

都市伝説のような噂にもすがりましたが、その甲斐もなく、娘の病は悪化していきました」

普段は裏も表も騙すような人の好い笑みを浮かべている彼は、この時ばかりは真摯に構え、端正な顔を引き締めていた。

第四階級貴人オルニット・リストン。

かつては、彼の父親であるガデット・リストンが、飛行船の事故で怪我をしばらくベッドから動けない状態となり、その穴埋めのために代理として立った一人息子であった。

まだまだ若く、今年で三十一歳になったばかりの——為政者としては若造もいいところの男である。

しかし才覚はあった。

拙く危なっかしいところもあったが、それも乗り越えてきた。

その姿を見て、少々早いがいい機会だとして、ガデットはリストン家の家督を息子に譲り渡したのだ。

それが六年前の話である。

前リストン領領主ガデットは、今ではリストン領の端にある浮島で楽隠居生活だ。

——羨ましい話だと、第五階級貴人ヴィクソン・シルヴァーは思う。

「……はあ。今日も退屈ね」

オルニット・リストンの話が放映される中、シルヴァー家の末娘であるレリアレッドが、五歳の表情にしてはあまりにも達観した胡乱な瞳で、浮かぶ魔晶板を眺めている。

ほかの娘たちは、そもそも観ていない。

朝食に夢中か、今日はどこに遊びに行くかで相談している。

今年五十。奇しくもガデットと同じ年齢であるヴィクソンは、もうとっととシルヴァー家を誰かに継がせてさっさと隠居したいと思っていた。

ただ、娘しかいないので、なかなか叶えがたい望みとなってしまっている。

そう、娘しかいないのである。それも娘ばかりが四人もいるのだ。

しかも一番上の娘は、二十七歳を越えてなお結婚する意志も意欲もないようで、服飾関係の商会を起こして仕事にのめり込んでいる。

食卓に着く娘たちを見て、ヴィクソンはこっそり溜息を漏らす。

まだまだ後継ぎは見つからなさそうだ、と。

——ヴィクソンは冒険家になりたかった。

未開の浮島を冒険し、いろんな発見をしたり、魔獣と戦ったり、予想もつかない胸が躍るような冒険の日々を過ごしたいと思っていた。

第五階級シルヴァー家の長男として生まれた以上、それが叶わないと悟ってからは、その願望を心の奥底にしまい込んで封印していたが——

そんな彼の冒険心を再び燃え上がらせたのが、魔法映像であった。

末娘は「退屈」と言うが、その「退屈な映像」は、ヴィクソンには大いに響いていた。

特に、時折放映される冒険家の姿である。

——導入を勧められた魔法映像に関しては、まったくわからない事業だった。

ここアルトワール王国が、王の権威の下、満を持して始めた企画ゆえに、義理だけでバカみたいに高価な魔晶板を購入はしたものの。

そもそも何をするものなのか、ヴィクソンには説明されても、理解できなかった。

やれ放送がどうとか。

遠い景色を見られるとか。

遠くを見たいなら遠くへ行けばいいではないか。

今やどこの領主だって飛行船くらい持っているし、民間のレンタル飛行船というものもある。

いやいや、個人で所有する庶民だっているくらいだ。一人か二人乗りの小型船なら、もう珍しくもない。現にシルヴァー家のメイドが乗って買い物に出たりしている。

遠出はもう、あまり労力と時間を使わないのだ。

だから遠くの景色が見たいなら、直接行けるし、直接行けばいいと思う。

そう、思っていた。

だが景色などと違い、冒険家が冒険する姿を見ることはできない。

立場上、ヴィクソンが危険な未開の浮島に行くこともできない。

冒険家になりたいという願望を、少しだけ叶えてくれたのが、この魔法映像(マジックビジョン)なのである。

ヴィクソンの身体はすっかり老いてしまったが、心の中に閉(と)じ込めていた冒険心は、少年のあの頃のままにはしゃぎ出した。

いつも「呑みながら観よう」と用意する酒を呑むことさえ忘れて、食い入るように観入ってしまう。

――このシルヴァー領でも放送局を作りたいと、密(ひそ)かに思い始めたのは、いつからだったか。

あまりにも高額な資金が必要とあって、どうしても踏(ふ)み出せない。

もし本当に放送局を作ろうと思えば、シルヴァー家の蓄(たくわ)えをすべて吐(は)き出しても足りないくらいだ。

正直、オルニット・リストンは魔法映像(マジックビジョン)事業への参入を早まった、とさえ思っていた。

この手の事業は、少し待てばコストは下がるものであるからして。先駆(さきが)けて参入するにはわかりづらく、利益の上げ方もわからない。

そんなリストン領の放送局が作っている映像「リストン領遊歩譚」。

つまらなくはない。

だが末娘が言うようにやや退屈。あまりにも刺激がなさすぎる。

あれは高年齢層が喜びそうな映像と言わざるを得ない――まあヴィクソンは高年齢層の者なので、地酒と特産品の取り寄せはよく利用しているが。

「あ……」

自分の放送局を作って冒険ものの番組ばかり流したいなぁ、と最近いつも考えている妄想は、末娘が発した小さな声で壊された。

妄想から現実に意識を向けると――魔晶板にはオルニット・リストンの息子の姿がアップで映っていた。

――なるほど、と頷く。

まだ十代にもならない子供だが、すでに将来が約束されているかのような、美しい顔立ちである。

将来は絶対に婦女子を泣かせまくる青年に育つだろう。

同年代ということもあり、末娘は気に入ったようだ。

一人でもいいから婿養子を取るか、さっさと嫁に行ってほしい――まだ五歳の末娘に、心の中で言い渡しておく。リアルに言ったら娘たち全員の矛先が向くので言えないが。

そして――病が完治したという、車椅子に座った白い女児が映る。

病的なまでに白い肌に、魔力切れを連想させる灰色に近い白い髪。

それらに合わせたかのように、フリルのたくさん付いた白いドレスを着た姿は、吹けば飛びそうな、触れれば壊れそうなほど儚く、そしてひどく脆そうに見えた。

透き通った青い瞳が、魔晶板越しにヴィクソンを見据える。

――その瞬間、ヴィクソンは思った。

（……本当に子供か？）

直前に映ったオルニット・リストンの息子が子供らしく緊張していたせいか、次に映った白い少女の落ち着きぶりは、かなり異質に見えた。

本当に子供なのか、と疑いたくなるくらい、堂々たる平常心、緊張のなさ。

貴人らしいとは思うが、それも老獪な人物だ。あれは決して子供ができる表情ではない。

「あの子――」

気づけば、娘たち全員が魔晶板を見ていた。

口を開いたのは、今年二十七歳になる長女である。

「――なんであんなにダサい服着てるの？」

服のことはよくわからないが、貴人の子供の格好なんて皆あんなものだろうとヴィクソンは思った。

「あの子――」

次に口を開いたのは、少し前に二十歳になった次女である。

「――いい。可愛い。お兄ちゃんも妹も。兄妹。兄妹で美形な子供。ぐふふ。妄想。加速」

小さい頃から絵を描くのが好きで、今も描いている。だが最近はどんな絵を描いているかは知らない。

男だったら犯罪者として訴えられそうなねちゃっとした笑みを浮かべて不気味にぐふぐふ嗤う次女に、しばらく結婚は無理かな、とヴィクソンは思った。

「あの子――」

次は、来年からアルトワール学院高等部への進学が決まっている十五歳の三女。

「――強そうね。すごく」

天破流という武術にのめり込んでいる三女は、次女並みに不可解なことを言った。

あんなにも小さく痩せ細り、強さとは無縁そうな女の子を見て、「強そう」とはどういう意味か。ヴィクソンにはわからない。

「へー……――」

そして最後に、末娘が呟いた。

「――この白い子、五歳か。私と同い年なんだ」

それが一番普通の感想だな、とヴィクソンは思った。

――普通ゆえに厄介だと感じたのは、これより数ヵ月後のことである。

「お父様！」

朝食の席で、最近不機嫌そうに魔晶板を観ていることが多い末娘が、ついに爆発した。

「私もニア・リストンのように魔法映像に出たい！」

オルニット・リストンの感謝の意を述べる映像から、ちょくちょく映像の世界に出てくるようになった白い少女ニア・リストン。

これまでとは違う年齢層を狙い始めた映像は、シルヴァー家の末娘のすべてを刺激した。

同い年ゆえに思う、「この子には負けたくない」という対抗意識。嫉妬。自分の方が優れているという自信。

貴人の娘ゆえに、やや奢り高ぶっている部分はあるかもしれないが。

しかし、親の贔屓目を抜いても、ヴィクソンは末娘がニア・リストンに負けているとは思わなかった。

——きっとこの時だったのだろう。

後にニア・リストンと双璧をなす赤き偶像と呼ばれる、レリアレッド・シルヴァー誕生の瞬間は。

私が魔法映像にて生存報告を終えて、数日が過ぎた。

冬の寒さが増していく昨今、病魔を退治した私はようやく、身体を作るための軽い運動などを始めた。

まあ、でも、軽くである。

未だ走れず、長時間立っていることさえ困難なほどに身体は衰え、弱り切っている。

これでは我が拳の一万分の一さえ再現できないだろう。

というかもし打ったら身体中の骨がバッキバキになって筋や腱が切れまくると思う。

――焦る必要はない。

私がアルトワール学院に入学するのは、再来年だ。

もう年末なので今年はもうすぐ終わるが、それでも丸一年以上の時間がある。

それまでに、人並みに過ごせる程度に身体を作っておけばいいのだ。

病気は治したが、無理な訓練が祟って身体を壊した、……なんてつまらないことにならないよう、焦らずじっくりやっていこうと思う。


生存報告をしたことで、リストン家では一応の区切りは付いたようだ。

だが、私の生活が特に変わったわけではない。

変化と言えば、朝は両親と同じテーブルに着いて、一緒に朝食を食べるくらいか。

昼は帰ってこないし、夜は両親の帰宅時間が定まっていないので、特に決めていない。

時間が合えば一緒に、という程度である。

今は冬期休暇中の兄ニールが帰省しているので、三度の食事は兄が一緒である。

――その兄の剣術訓練を、車椅子の上から見守るのも、今の日課となっている。

兄ニールと、兄専属侍女リネットが木剣で打ち合っているのを見つつ、背後のリノキスとのんびり話す。

「――ニール様、やっぱりすごく強くなってません？」

「――ええ。夏の頃に比べればね」

そう、夏季休暇の帰省から考えたら、兄の動きが格段に良くなっている。

特に――剣を、形状を、棒という形であることを念頭に置いているのがわかり、かなり器用に武器を扱っている。

夏に見た時は、身体全体を使って力任せに振り回すだけだったのに。

今の彼の動きは、小さな子供ながらも剣士そのものである。

……そう、「斬る」ことが目的なら力いっぱい振らなくていい。刃を当てて滑らせるのだ。

真正面から受けないで受け流して。そうだ……身体が小さく非力であるなら、むしろそれを逆手に取る動きを――

「――お嬢様。お手紙が届きましたよ」

ん？

頭の中でじっくり兄の動きを吟味していると、聞き慣れない声で呼ばれた。

振り返ると、穏やかそうな初老の庭師が、左右の手に手紙の束を持って立っていた。

双方結構な厚みである。

たぶんあの束は、家族全員分だろう。

私がニアになってもう半年以上が経つが、手紙が届くなんて初めてのことだ。

……この前五歳になったばかりで、家族や身内以外からの音沙汰はなかった。だから手紙のやり取りをする相手がいるとも思えないのだが。

「お預かりします」

リノキスが受け取り、私に差し出した。

「……え？　全部私に？」

家族分だろうに、全部よこしてきた。

「そのようですよ」

リノキスは頷くが……なんだ。まったく心当たりがないんだが。

簡単な文字は読める。

二十通ほどの封筒を一通ずつ捲り、宛先の名前を見ていくと……全てが「ニア・リストン」へ宛てたものだった。

つまり、私宛てである。

「そちらは？」

「ああ、ニール様宛てだ。預かってくれるかい？」

庭師の、もう片方の手にあった私の分より少々分厚い手紙の束は、兄への手紙らしい。

今は訓練中なのでリノキスが預かることにしたようだ。

ではわしは仕事に戻りますんで、と庭師は行ってしまった。

まあ、それより、手紙である。

差出人の名前を見ても、誰一人知らない者ばかりだ。――ニアは知っていたかもしれないが。

「なんなのかしらね」

「え？　アレでしょ？」

ん？

「わかるの？　リノキス」

「ええ、もちろん」

本気でわからない私に、彼女は事も無げに言った。

「――きっとファンレターでしょう」

今日の兄の訓練を見届け、自室に戻ってきた。

早速、差出人に心当たりがない手紙にペーパーナイフを差し込み、一通一通開けていく。

――なるほど、ファンレターか。

病気が治ってよかったね。

ぼくもびょうきですが、ニアさまのようにげんきになりたい。

私にもかつて子供がいて、病で失いました。ニア様と同じ五歳でした。とても他人事とは思えず、思わず手紙をしたためました。

かわいい。けっこんして。

一目見た時から忘れられません。今度はいつ魔法映像に出ますか？

白くて可愛い僕の天使ちゃん。文通しましょう。

美幼女！　美幼女！

この手紙は悪魔の手紙です。同じ内容の手紙を八人に出さないと悪魔に魅入られます。

歳の差って何歳までいけます？　二十歳以上は無理かな？

――これは、魔法映像に出演した反響である。

ファン……かどうかはわからないが、これが私の、ニア・リストンの生存報告へ対する、世間の反応だ。

嬉しい、のか？

正直、これを受け取ってどう思えばいいのか、私にはよくわからないんだが。

案じている内容もあるので、素直に感謝……すればよいのだろうか……？

………

まあとりあえず、悪魔の手紙は握りつぶしておくか。これは絶対にファンレター的なものではない。世間知らずでもそれくらいはわかる。

これが最初の反響だった。

そして、思い知る。

――これは終わりではなく、始まりの合図であったことを。

私と兄にファンレターのようなものが届くようになって、数日が過ぎた。

私への手紙は日に二、三通、兄への手紙は日に十通くらいだろうか。

実は兄の方が人気者なのだ。

手紙の内容か、それとも知らない人からいきなり手紙が届くことにか。

とにかく、かなり困惑（こんわく）している兄への手紙の内容を、それとなく兄専属侍女のリネットに聞いてみたところ。

男女問わず、愛を囁く内容が多いとか、多くないとか。

なるほど。

兄ニールは、まだ子供であるのに、すでに母親似の美形だ。

将来は女を泣かせる男になるだろうと思っていたが、それ以上の存在――男女問わず泣かせる男になりそうだ。

――まあ、困惑もするだろうな。それは。

一度命尽きるまで生きている私なら「へーほーふーん」で丸めてポイできるが、まだ十歳にもならない多感な少年期に、男女問わず知らない大人に言い寄られるのはつらかろう。

………

「妹より男にモテるってどんな気持ち？」とか聞いたら、一生忘れられない傷になったりするんだろうか。かわいそうだから言わないが。

ともかく。

手紙の内容が色々アレだったせいで、私たちに見せる前に両親のチェックが入るようになった。

正しくも適切な判断だと思う。

そして、私も兄も直接手紙を渡されることはなくなった昨今、彼が再来した。

「――お嬢様。旦那様と奥様がお呼びです」

夜、兄との夕食を済ませて部屋に戻ってすぐのことだった。

老執事ジェイズに声を掛けられた。

「ニアも呼ばれたのか？」

移動の途中で、さっき食堂で別れた兄ニールと専属侍女リネットの二人と合流し、応接間へと通された。

そこには――

「こんばんは、ニール君。ニアちゃん」

リノキスが「あっ」と声を漏らした。魔法映像(マジックビジョン)好きの彼女には、まさに憧れ(あこが)の人の再来という感じなのだろう。サイン貰(もら)っていたし。

そう、再来だ。

両親とともに応接間で待っていたのは、魔法映像(マジックビジョン)で「リストン領遊歩譚」の案内人を務める、番組の顔にしてくどい顔でもあるベンデリオである。

「ちょっと大事な話がある。二人とも座ってくれ」

ただいまとおかえりを言うより先に、まだ仕事着のままである両親――父親が、私と兄ニールをソファに座らせる

中央にローテーブルを置き、右手に両親が並び、左にベンデリオが座っている。

まるで私たちが中間の立場に置かれているかような位置だ。

「お帰りなさい、父上。母上。いらっしゃい、ベンデリオさん」

お、良きタイミングで兄が挨拶(あいさつ)を。歳の割にしっかりしているな。

さすがは第四階級貴人の長男である。両親の教育が行き届いているということか。

「お帰りなさい。いらっしゃいませ」

と、ついでに私も挨拶しておいた。

父親は一つ頷くと、すぐに用件に入った。

「ベンデリオから話があるから、まず聞いてほしい」

だろうな。

リストン邸に両親がいるのは当然のことだが、ベンデリオがいるのは不自然だ。

この状況に私と兄を呼ぶというなら、彼の用事であるということは想像に難くない。

……というか、この人が来たってことは、用件もわかる気がする。

私と兄が視線を向けると、ベンデリオはくどい顔で微笑みながら言った。

「この前の放送の反響が良くてね。よかったら君たち二人に、もう一度魔法映像に出てもらえないかい」

やはり魔法映像絡みか。

「……すみませんが、返事の前に少し質問をいいでしょうか？」

兄が冷静な声を発する。

「まず確認ですが、私とニアの出演は魔晶板を売るためのもの……いわゆる宣伝を兼ねた出演ということになるのでしょうか？」

あるいはお偉いさんと会ってもてなすような企画の一環か。

それとも浮島に行く冒険家へ応援（おうえん）メッセージでも送るのか、と兄の質問は続いた。

私が観（み）るのを禁止されている番組には、そういう類のものもあるようだ。

兄の質問に、ベンデリオは「宣伝だね」と返事をする。

「魔法映像（マジックビジョン）も魔晶板も、まだまだ普及（ふきゅう）していない。一部の貴人や金持ちが導入しているだけ、というのが現状だね。だから今はとにかく宣伝が必要だ。もっと広めないといけない」

この辺のことはリノキスにも聞いたな。歴史が浅いとかなんとか。

一応放送局とチャンネルがあるリストン領では、魔法映像（マジックビジョン）の知識も魔晶板も、少しだけ広まってはいるようだ。ああ、同じ理由で王都もそこそこ広まっているのかな。

しかしほかの領地では、魔法映像（マジックビジョン）という文化そのものさえ、知られていないところがあるのが現状。

原因は、やはりまだまだコスト面が高すぎるから、だとか。

何せ小さな魔晶板でも、庶民が数年暮らせるほど高額なんだそうだ。

しかも放送局から飛んでくる映像は、受信するための魔法塔（まほうとう）というものが近くにないと、映らないらしい。

その上、魔晶板を動かすための魔石も必要となってくる。

魔法映像（マジックビジョン）という文化を広めるには、とにかく足りないものだらけだということだ。

——もう少し詳しく聞きたいところだが、今は置いておこう。

思ったより兄が詳細を知っているようなので、両親がいない時に、彼から聞くことにしよう。

「ならば——今起用すべきはニアでしょう」

ん？　私？

「魔法映像のおかげで病から生還した、領主の娘。

ニアは、魔法映像があればこんなこともできるという可能性を体現した存在だ。

しかも今は、魔法映像にはなかなか子供が出演しない。それが珍しいのか、視聴者のニアへの興味や期待値も上がっているようだ。

今のニアなら、魔法映像を売り出すための広告塔としては、適任だと思う。

……なんて子供の私が考えられるくらいだから、父上も母上もベンデリオさんも、そう考えていると思いますが」

ほう……子供なのに、子供らしからぬほどに兄は頭がいいな。

男女問わず泣かせる予定の者は言うことが違う。

「撮影だってタダでできるわけじゃないし、そもそも私はもうすぐアルトワール学院に帰らねばなりません。寮に戻ればなかなか時間も取れなくなると思います。それよりは——」

と、兄は隣の私を見る。

「今のところ、衰弱している身体を健常に戻す以外やることがないニアの方が、時間の都合も付けやすいのでは？　色々と都合もいいと思いますが」

だそうだ。

要するに、私に出ろって言っているわけだ。

「うん……理屈で言えばそうなんだがね」

父親は苦笑している。

兄の論は、もしかしたら、これから大人たちが私たちに説こうとしていたことだったのかもしれない。

「――ニアはどう思う？　魔法映像、また出たいかい？」

私の答えは決まっている。

「特に魔法映像に出たいとは思わないわ。けれど――」

出たいとは思わないけれど、出る理由はある。

「お父様とお母様が望むなら、私はやります。私のためにどれだけの愛情と心労とお金を支払ったのか、想像もできないもの。

たとえ子供でも、大恩には報いたいものです」

大恩は報ぜず、とも言うが。

私は違う。

ニアの身体を貰い、ニアの代わりに生きているのだ。報いずにいられるものか。

両親は、少し困ったように顔を見合わせる。

「私たちがどうこうではなく、あなたの意思を聞かせてほしいの」

母親の言葉に、私は間髪(かんはつ)容れず答えた。

「――お父様とお母様の望みに応え、できるかぎり尽くし助けになりたい……それが私の意思です。

リストン家の娘として、そう思うのは間違(まちが)っていますか？」

こうして、私の魔法映像(マジックビジョン)再出演が決定した。

まったく予期していなかった流れだが、行動範囲(はんい)が広がることは間違いない。

両親に語った気持ちに嘘(うそ)はない。

彼(かれ)らが魔法映像(マジックビジョン)の普及を目指しているなら、親孝行がてら、私も喜んで手伝おうではないか。

――身体がなまり切っているのはともかく、そろそろ実戦の空気を感じたいところだしな。このままでは勝負勘も錆びつくばかりである。

どこぞで血なまぐさい出来事でもあればいいが。

……できれば私が魔獣でも野生動物でも殺ってしまいたいものだが。それはさすがにまだ高望みしすぎかな。

私の魔法映像再出演が決定した翌日から、実に迅速に話が進み始めたのだが——それはいったん置いといて、だ。

動く前に、魔法映像と魔晶板周辺の事情を、もう少し詳しく知りたい。

私の役割が曖昧で、まだ理解できていないからだ。

果たして広告塔とは何をすればいいのか。

子供特有の媚びへつらいを見せつけてやればいいのか。それとも武によって世界を統べてやればいいのか。権力者や実力者を片っ端から力でねじ伏せてやればいいのか。これはやってみたい。すごくやってみたい。

——平常心でありながら、しかしこれほど暴力的なことを考えられる以上、私はきっと戦うことくらいしかまともにできない前世を生きたんだと思う。

だとしても、それが理由で、ニアの代わりにやらねばならないことを放棄することはできない。

となると、どうすればいいのか。

——そんな疑問もあり、ベンデリオが来た翌日の昼食時、兄に聞いてみた。

兄ニールは、思ったよりリストン領地内のことに詳しい。

特に、今両親が心血を注いでいる魔法映像(マジックビジョン)界隈(かいわい)のことにも通じているようだ。

だが、私が質問すると、兄は眉(まゆ)を寄せた。

「父上と母上は、あまりニアには家の事情に関わらせたくないようだが……」

「今更(いまさら)でしょう？　あれだけ熱弁を振るったお兄様が、どうしてここで遠慮(えんりょ)するの？」

やれ「今はニアが使い時だ」とか、「ニアが旬(しゅん)だ」とか。

「自分のファンが怖(こわ)いから妹を盾(たて)にしてやろう」とか。

要約すればそのようなことを言って、露骨(ろこつ)なくらい私を推(お)したじゃないか。

「……言っておくが、私も詳しいわけではないから」

「あら。そうなの？」

「うん。父上母上から聞いたわけじゃない、自分で調べたことばかりだよ。

というのも、実は——」

薄々(うすうす)わかっていたことだが、リストン家は魔法映像(マジックビジョン)業界へ、とんでもない額の投資をしているそうだ。

兄の予想では、すでに家が傾くほどの大金を注ぎ込んでいる、らしい。

「元はニア、身体の弱い君を助けるための参入だった。

いずれ君が大きな病に倒れるだろうと予想し、広く『助けの手』を求めるために、いち早く導入を決意したらしいけど……

私としては、それ以外に、魔法映像が生むであろう莫大な利益も見越していたと思うのだ」

それはそうだろう。

小さな魔晶板一つで、庶民が数年暮らせるほどの金が掛かるのだ。

いくらリストン家が貴族階級でも、無限の財産があるわけではないし、さすがに娘一人の命のためだけに、家が傾くほどの大金は使えないだろう。

リストン家の財産は、領地の保護と発展に使われるべきものだ。

もしかしたら、本来使ってはいけない民の血税さえ、魔法映像業界に投資しているかもしれない。

……要するに、私が返さねばならない恩は、そう簡単には返しきれないということだ。

「それで、今の財政は大丈夫なの？」

「わからない。リストン領にある浮島のいくつかは商家に売ったりしたようだが、借金はしていないと思う。おじい様への借金はしていると思うが……まあ、一年二年で倒れるほど切迫はしていないと思う。あくまでも予想だけど」

つまり、だ。

「逆に言うと、一年二年で魔法映像関係の利益が見込めるようにならないと、リストン家は危ういと」

「――ニアが気にすることはない」

と、兄は実に頼もしく言い切り、目を伏せ、――サラダをつつくフォークがガタガタ震え出した。

「わ、私には、金持ちのファンが、たくさんいるからな……私が嫁を取るなり婿入りするなりすれば、金はなんとかなるさ……幸い婚約者もいないし、私が身を切れば……」

「やめなさい」

思わず言ってしまった。

とてもじゃないが最後まで聞いていられなかった。

兄がファンレターに困惑していた、本当の理由がわかった気がした。

頭が良すぎるというのも考えものだろう。

自分の身を売り出すようなことを、子供が考えてはいけない。人には事情があるので強く説く気はないが、それでも大人だってあまり褒められたことではない。

「お兄様はリストン家の跡取りでしょう？　その場合は私だと思うわ。いざとなったら――」

冒険家となり未開の浮島に乗り込み、金になる魔獣を狩りまくってやる。この際自重などするものか。……ん？　意外と悪くないか？

そんな生き方も大いにありか、と思っていると、兄のお叱りの言葉が飛んできた。

「ダメだ！　妹を守れない兄になどなってたまるか！」

…………

「お兄様って可愛いわね」

魔法映像の話から、控えているリノキスがそわそわしている。

リストン家の財政の話になってから、控えている老執事ジェイズが目を伏せている。

「自分が身を切れば」と子供らしからぬことを言い出してから、彼の専属侍女リネットが小さく「金があれば……」と不穏な呟きと不穏な気配を漏らしている。

そんな彼らが、兄ニールのこの男らしさにはニッコリである。

ちなみに私もニッコリだ。

彼の決意や言葉を馬鹿にするつもりはないが、とにかく大変可愛い。魔法映像で流せばファンが急増するのは間違いない。流せばいいのに。

「君は時々上から目線になるね」

それは仕方ない。

前世を合わせれば、少なくとも兄の倍以上は生きているから。

――とにかく、可愛い兄のためにも、なんとか活路を見出さねば。


そんな話をした夜、またベンデリオがくどい顔をしてやってきた。

これで二夜連続である。

「今、放送局では、ニアちゃんをどんな形で映像に出そうか話し合いが続いているんだ」

昨日会った応接間で、両親と兄とベンデリオが同席している中、座る私の前にたくさんの書類を並べる。

「我々はこれを『企画』と呼んでいるんだけど……数は出たけどなかなか決まらなくてね。この際本人の希望も聞いてみようってことで持ってきたんだ。どれか気になるものはあるかな？」

なるほど、私が選んでいいのか。

いくつか手に取って、ざっと内容に目を通す。時々隣の兄に読んでもらいつつ。

──庶民の畑仕事に交じって汗を掻く姿をこれ見よがしに放映する。

──有名な冒険家に一日弟子入りという形で一緒に行動し、冒険家の宣伝も兼ねてこれ見よがしに放映する。

──長年手つかずの大店の倉庫をお掃除し、珍品や骨とう品をこれ見よがしに放映する。

──お金持ちの自慢の自宅訪問、お金持ちの寄付金狙いで接近しこれ見よがしに放映する。


などなど。

……うん。

そもそも魔法映像に出たいと思っていない私なので、どれもこれもピンと来ないけど。

だからどれが正しいとも正しくないとも言えない。

──となると、だ。

私は書類をテーブルに戻し、言い放った。

「全部やりましょう。思いついたの、全部」

リストン家の財産の補填なんて、一度二度魔法映像に出たところで焼け石に水だろう。

そもそもこれがどう利益に繋がるのかいまいちわかっていないくらいだ。まあ、その辺の難しいことは両親や兄が考えてくれるはずだ。

今私ができるのは、とにかく魔法映像に出て、この文化を今よりもっと普及させることだ。

細かな内容を詰めていく過程で、いよいよ私の魔法映像再出演……というか、何度も撮影することになる番組が決まった。

名前は、「ニア・リストンの職業訪問」。

私ニア・リストンが、毎回いろんな職業を体験しつつ紹介するという企画である。

企画候補としてたくさんの案が出ていたが、その多くに共通していたのが「私にやらせたいことには専門の職業がある」という点だ。

ならば、私がその道のプロに半日弟子入りという形で職業体験し、その姿を撮影しよう、と。そういう内容となっている。

この形なら、毎回「いろんなことをする」という趣旨に乗っ取り、可能であればこの世の職業の数だけいろんな企画をこなすことができる。

基本的に、まだまだ撮影した番組自体が少ないのだ。

丸一日魔法映像を観ていれば、これまでに何度も再放送した番組がまた流れる、という現象が起こっている。

そのため、企画発足から撮影日までの期間は、かなり短かったと思う。

「さあお嬢様、お手をどうぞ」

「ありがとうございます」

私たちを迎えに来たのは、鈍色に輝く最新式の小型飛行船である。

掛けられたタラップを自分の足で上ろうとした私は、下りてきて出迎えてくれたベンデリオにくどい顔でエスコートされる。

とんとん拍子でいろんなことが決定し、これから初めての撮影へ向かうところである。

……それにしても、最新式の飛行船か……

正直、こんな金属感丸出しの金属の塊が空を飛ぶだなんて信じられないが……あんまり乗りたいと思わないが、でもこんなところでごねても仕方ないので、さっさと乗ることにしよう。

——実は、再出演の話が出てからほんの数日しか経っていなかったりする。

まだ兄ニールはアルトワール学院には戻っておらず、リストン家に残っている。

そして私の後ろから付いてきている。

妹の初撮影なので同行する、と言い出したからである。両親が仕事の都合で同行しないと知ったからでもあるのだろう。私が心配なのだ。非常に可愛い。

兄専属侍女のリネットと私専属侍女リノキスが車椅子を持って続き、リストン家一行が乗り込むと、飛行船はすぐに高度を上げていった。

見送りに来てきた老執事ジェイズとメイドと庭師たちに手を振り、徐々に遠ざかっていく。


浮島。

元は海より深く根付いた、一つの大きな大地だったと言われている、言わば浮かぶ大地の欠片。

かつて「大地を裂く者ヴィケランダ」……神獣とも言われた特級魔獣が大陸を割り、引き裂き、その大地の欠片が空に浮かんだという。

それが浮島現象である。

海に根付いたままの大地も残っているが、しかし半分以上が欠片となってしまったと言われている。

それが数百年前のことと言われていて。

当時は、深刻かつ多大な被害が出たであろう浮島現象だが――

急激な環境の変化に晒された浮島の動植物は、独自の進化を遂げ生存競争を生き抜いた。

強い個体が、環境の変化で更に強く……あるいは絶滅し、新たな生物が誕生したりしたそうだ。

ゆえに、浮島の生態系は浮島の数だけ存在し、全てバラバラだと言われている。

そして、生物だけの話ではない。

まだ解明はされていないが、浮島にはダンジョンと呼ばれる迷宮があることが多々あるそうだ。

原因はわかっていないが――これも環境の変化が原因で生まれたものだと言われている。

飛行船が発明されたことで、ようやく隣の浮島へ行く手段が確保できたことから、未開にして前人未到の浮島への調査・探索が始まったのが、だいたい百年ほど前である。

――ちなみにアルトワール王国では、リストン家のような貴族階級は、大きな浮島とその周辺にある小島の管理を任されている。

調査・開拓で得られる資源はきっとある、とのことで、どこの領地でも浮島の調査が進められているとか。

――初めて空から見下ろす、リストン家の屋敷がある浮島。そこから視線を動かすと、彼方には建物がたくさんある大きな浮島が見える。

リストン本領地あるいは本島と呼ばれる、リストン領最大の島だ。

放送局もあの本領地にあり、毎日両親が仕事に向かう場所である。

いくつか島が浮いているのも見えるが、さすがに距離(きょり)がありすぎてよくわからない。

かなり早めに家督(かとく)を譲(ゆず)ったという父方の祖父が、どこかの小さな浮島に住んでいると聞いている。どれだろう。

「――あそこの島におじい様が住んでいる。ニアのこともずっと心配していた。折を見て顔を見せに行くといい」

隣にいる兄に聞くと、指を差して教えてくれた。なるほどあれか。ちなみに兄が寮に入っているアルトワール学院は、王都アルトワールにあるそうだ。

…………

浮島もすごいが、眼下に広がる海もすごいな。

あそこも浮島現象の影響(えいきょう)で、危険な生物が増えたと言われている。

近海なら比較的(ひかくてき)安全に漁ができるそうだが、大海原(おおうなばら)は大型魔獣の巣窟(そうくつ)だとか。この時代であっても危険すぎて調査さえできないそうだ。

王都は大地の欠片ではなく、海に根付いた大地だという話だが……リストン本領でも大きいのに、あれ以上大きな大陸があるのか。

「ニアちゃん、ちょっと打ち合わせをいいかな」

船内に入ることなく景色を見ている私たちに、ベンデリオが声を掛けてきた。

飛行船は、魔石による耐風加工がしてあるので、風の影響をあまり受けない。

本来上空は風が強いものだが、そのおかげで甲板に出ていても、強い風に煽られたり風に遮られて声が届かないということもない。もちろん飛行船もあまり揺れない。

リストン家の屋敷がある、あの島にも施してあるらしい。

……まあそんなことはさておき、ここでも普通の声で充分話せるので、話はここでいいだろう。

「ニアちゃんは思ったより賢いし、事情を知りたいとも思っているようだから、少しだけ突っ込んだ話をしておきたい。

ただの子供なら言わなかったけど、君は大丈夫だと僕は思うんだ」

はあ。突っ込んだ話を。

「ベンデリオさん。それは両親の許可を得ている話ですか？」

兄の視線が厳しくなった。可愛い。妹を守ろうとする兄の姿はなかなかいいものだ。

……バカにしている気は本当にないけど、本当に可愛いな。

「いや、得ていない。だがニアちゃんには目的がわかっていた方が動きやすいと思ってね。

──言われたままをするだけの子じゃないだろ？　ちゃんと自分の意見を持っているし、自分の意見を言える子だ。弱々しい外見通りの子じゃない。大人に委縮して、言いたいことを言えないということもないだろうから」

概ねその通りだし、ベンデリオが言いたいことにも興味がある。

「お兄様、聞くだけ聞いてみましょう」

そもそもこの話は、ベンデリオが頼み込んできてしょうがなく受け入れた話、というわけではない。

突き詰めれば、リストン家のために、リストン家の家族ががんばるというだけの話なのである。

むしろ子供相手でも丁寧に対応し、子供には言えないことでも話しておこうと判断するベンデリオは、協力者として信頼すべき者だと思う。顔はくどいけど。

兄が不承不承という顔で黙ると、私はベンデリオに頷いて見せた。

そして、彼は話し出す。

「とにかく、まず数が必要なんだ。放送する番組がね。せめて一日おきに再放送が入る、くらいにはしたい。だからちょっとスケジュールが慌ただしくなるかもしれない」

ああ、今は再放送ばかりやっているからか。

確かに放送する番組自体が、まだまだ少ないのだろう。

「もし体調が悪いようなら、遠慮なく言ってほしい。どうせ疲労なんかは顔に出るからね。無理して撮影したってそんな顔のニアちゃんを放送はできない」

なるほど。

要するにがんばりすぎるな、と。気を付けよう。

「次に、とにかく顔が必要だ。リストン領の代表、リストン領と言えばこの人、ってくらいの人気者が必要だと僕は思っている。

たとえば、この人が出演するから必ずこの番組を観よう、観たい、と。そう思わせるような人気者をね」

「ベンデリオ様のような？」

「僕は違うよ。僕は元々撮影班の責任者だし、それは今も降りたつもりはないし。だから今ここにいるわけだしね。

誰も適任者がいないからやっていただけで……そうだ、ニール君がもう少し大きくなったら、僕の代わりに『リストン領遊歩譚』やってくれないかな？」

「……か、考えておきます」

ファン関係でちょっと気が重い兄は、魔法映像出演には消極的である。まあ当然だと思うが。

「話を戻すけど、今のところ魔法映像の人気者と呼べる存在って、アルトワール王国の第三王女ヒルデトーラ様くらいしかいないんだよ」

へえ。そんな人がいるのか。

「私は観るのを禁止されている番組が多いので、そのヒルデトーラ様を観たことがありませんが」

「えっ、あ、そうなんだ⁉」

ベンデリオが驚く辺り、そのヒルデトーラという王女は本当に有名人なのだろう。

「まあ、じゃあ、追々その……わかると思うから、この話は置いとこう。

――あと君が気にしていた、大人に受けそうな媚びへつらう態度は必要か否かってアレだけど」

ああ、そう、それだ。

なんか質問したら若干引いた顔で「考えとく」って言われたんだが。あと兄も引いていたっけ。

「君の魅力は、その落ち着いた雰囲気と冷静さと、物怖じしない度胸だと思う。無理に明るいキャラを作るより、そのままの方がいいと僕は思うよ」

そうか。

じゃあ媚びなくていいのか。「将来結婚（けっこん）したいなぁ」とか言わなくていいのか。

結構なことだ。別に媚びたいわけではない。

「わかりました。自然体で臨（のぞ）みます。……とはいえ、至らないことがあったら言ってほしいわ。できるだけ改善するから」

「ああ、任せておいてくれ。決してリストンの名を汚（けが）すような番組にはしないから」

「じゃあニアちゃん、よろしくね！」

はいはい、と車椅子から立ち上がり、カメラの前に移動する。

「三、二、一、――」

カメラの横にいる現場監督の折りたたむ指がなくなり、撮影がスタートした。

「――おはようございます。『ニア・リストンの職業訪問』、今日は刀剣復元師さんの職場にお伺いしたいと思います」

五度目の撮影ともなれば、慣れたものである。

初回の第三階級貴人のマダムによる礼儀作法教室から始まり、次は農作業関係の収穫。それから時間とコストを削減するための二本撮りで料理作りとお菓子作りという、四回分の撮影を済ませている。

専門的な知識が必要なので、詳しくはわからないが。

撮影した映像を編集……見せられないところや見どころを切ったり繋げたりする作業を

経て、魔法映像(マジックビジョン)の映像用にまとめて放送するのだ。音楽を入れたりするのもこの段階である。

そして昨日、三回目の料理作りが放送された。

兄がアルトワール学院に戻り、両親も私の身体の心配をしなくなり。

今回は、これまで撮影にはずっと付いてきてくれていた、くどい顔のベンデリオが外れたりと。

私の周辺はもう、私の病気に関しては気にしていない。

私自身も、映像を観てはあれこれ言う専属侍女(じじょ)のリノキスも、毎回微妙(びみょう)に顔ぶれが変わる撮影班も、この撮影にそこそこ慣れてきたところである。

初撮影から一ヵ月、初放送から二週間が経(た)っていた。

まだ冬は終わらないが、どことなく降り注ぐ陽(ひ)の温かさが増してきたように思う。

春は間近だ。

「――はいカット！　次行くぞ！」

最初の撮影はこれで終わり。

ここから、今回の訪問先である刀剣復元師の工房(こうぼう)へ向かうのだ。

正確には近くまで移動して、撮影しながら工房を訪ねる、という流れである。さも初見であるかのように振る舞いながら。

　初顔の若い現場監督がびしばしと指示を飛ばす中、私はリノキスが押してきた車椅子に座る。

　――まだ長時間の活動は無理なのだ。

　病は治ったが、まだ身体が貧弱だ。特に筋肉が足りない。

　撮影中はなんとか「氣」の力で限界を超えて身体を動かしているが、それも長くなると、
翌日まで引きずるほど疲労が溜まってしまう。

　しかしまあ、食う物もしっかり食っているし、休息も充分取れる生活だ。

　このまま一ヵ月もすれば、車椅子も卒業できそうだ。

「お嬢様、資料を」

「ええ」

　移動はリノキスに任せ、私はもう一度、これから行く刀剣復元業と工房についてまとめ
てある資料に目を通す。

　――毎回思うが、職人の仕事場に邪魔する以上、やはり最低限は知らないと失礼である。

それに多少知らないと話も合わないし困るのだ。

　やたら酒ばかり呑んでいる印象しかないくどい顔のベンデリオの、しっかり張っている

緊張感と見えない努力を、ようやく察することができた。

未知の経験が多いだけに、勉強にもなっているし、かなりいい刺激にもなっている。

こんな経験、きっと前の人生でも味わっていないだろう。

知らないことばかり、やったことないものばかりで、少しだけこの撮影が楽しくなってきた……気がするかな。

「危ねえから火には近づくんじゃねえぞ」

思ったより小さな工房には、三人の職人が働いていた。

最初こそ三人集まってくれたが、ここの責任者らしき気難しそうな初老の男は、しゃがれた声でそれだけ言うと、こちらの予定外に作業に戻っていった。

このまま三人で少し話す予定だったのだが……まあそれより。

――あの男、なかなかいいな。

職人でもあるし、刀剣を帯びる者でもあるようだ。佇まいも動きも気配も、一般人のそれではない。

あれが職人ではなく武人ならば、ちょっと味見をしてみたいところだ。――あれなら両手を使わねば勝てないだろう。足はいらないかな。その気になればかなり腕が立ちそうだ。

まあ、それはそれとして。

「——では、どんなお仕事をしているか、教えていただけますか？」

初老の男の予定にない離脱で、一瞬撮影の流れが止まったが、私は打ち合わせ通りに話を進めて撮影を続行するのだった。

弟子らしき二人も若干戸惑っていたが、私が引き戻した流れに沿って動いてくれた。

「ニアちゃんありがとね」

ん？

撮影が一段落すると、若い現場監督は周囲に指示を出した後、私の方にやってきた。

「ほんとは俺が指示出さなきゃいけなかったんだけど……」

ああ、さっきのアレか。

「予想外の出来事ってよくありますから。すぐ慣れますよ」

礼儀作法のマダムが時間を守らず指導に熱中し出したり。

農家の人たちが「あれ食えこれ食え」とやたら食い物をくれたり。

料理中、しゃべっている時に私の顔に油が跳ねたり。そのまま続行しようと思ったのにベンデリオとリノキスが慌てて撮影をストップしたり。

クッキーが思った以上にうまく焼けて妙に感動したり、リノキスが「お嬢様の焼いたクッキーが食べたい食べたい！　お金なら払いますから！」と駄々をこねたり。

撮影ごとに、最低一回は想定外の何かが起こっている。

なんというか、もはやこれくらいのイレギュラーは付き物なんだと思う。

「あれ？　ニアちゃん、車椅子……」

一番若くて一番気さくな職人が、車椅子に乗って休憩している私を見て、目を丸くしている。

「お気になさらず。病み上がりだから身体が弱っているだけなの」

「あ、なんか病気してたんだっけ？」

「ええ。――それより刀剣復元って大変な仕事なのね」

無用に心配されても困るので、話を変える。

というか、私自身ちょっと気になっていることでもあった。

昔の私は、平然と刀剣を折ったり金属鎧をへこませたりしてきた気がするけれど。

でも、壊す人がいれば、直す人もいるわけだ。

折れた剣を直す過程や工程、所要時間を説明されたが、本当に大変そうだった。

……職人の苦労を少し見てしまった以上、これからは少し控えようと思う。

かつては名刀折りやら聖剣破壊やら邪剣粉砕やら、もう毎日毎日趣味のようにやってきた気がするんだけど……バキボキ遠慮なく折ってきた気がするけど……

これはさすがに気のせいであってほしい。

職人の技と熱意の結晶を、魂を削って仕上げた一品を、遊び半分で壊してはいけなかった。……と、思う。

――やってないよな？　私。

ナチュラルにこんなことを考える時点で、やっていた気も……いやいやないない。記憶にないからわからないが、きっとやってないはずだ。

しばしの小休止を経て、後半の撮影に入る。

「――復元には段階があります」

一番若い職人は仕事に戻り、二番目に若い……というか三人しかいないので真ん中の職人と呼ぼう――が、説明と案内をしてくれる。

魔法映像の撮影なんて初めてだろうに、しゃべり方も態度も落ち着いたものである。

いろんな物が置いてある店先から、工房へと移動した。

離れ離れに三人分のテーブルがあり、修理道具や復元中と思しき物が乗っている。

一番若い職人が仕事に戻っていて、カメラのことなど忘れているかのように、細かい作業に没頭している。

それと、奥の方には金属を溶かす鍛造炉があるようだ。遠目で見ているだけでもかすかな熱気が感じられた。

「あちらが、表面の細かい傷を修復していて」

と、テーブルにいる一番若い職人を指し。

「奥で作業をしている親方が、ヤスリや塗装では直せない段階の物を修復しています」

と、今度は奥を指す。さっきの初老の男の背中があった。

「ほかにも刀剣や鎧に限らず、装飾品や工芸品の修理・修復を行っています。一応革製品の修復もやっているんですが、こっちはあまり依頼が来ませんね」

へえ、革製品も。

「こちらで修復を請け負っていることを、知られていないのかもしれませんね」

「ああ、そうですね。そうかもしれません」

いかにも金属専門、ってイメージが強いのは確かである。

何せ刀剣修復承りの看板を出している工房だから。

「ニアさんに頼みたい物は、こちらになります」

——私が職業を体験する番組なので、実際に修理・修復作業をするのである。

「あら。ショートソードですね」

職人が差し出した、金属の鞘に納まっているずっしり重いそれを受け取り——なんかいつもより高い声が出た。

どうせ子供が触ってもいい程度の、捨ててもいいようなどうでもいい何かを、金にもならないのに無駄に修復させるのだろうと。

無駄で無意味な労働をさせるんだろう子供だと侮って、と高を括っていたのに。

まさか本物の武器が来るとは思わなかった。

まさに望外。

たとえつまらない三級品のなまくらショートソードであっても、久しぶりに触れる武器ということで、私の心はすでにうきうきだ！

「剣か。私にできるかしら」

「あ、いや、ニアさんは鞘の方になります。剣は俺がやりますので……」

……なんだ違うのか。

一瞬本物の武器に触れられるかと喜んだのに。うきうきして損した！

まあ、仕方ないか。わかっていたことだ。

分別のある大人なら、さすがに五歳の子供に刃物は、それも武器は扱わせないだろう。料理の撮影の時だって、包丁は持たせてもらえなかったくらいである。わかりきったことだった。

「じゃあ楽しい剣の方はお任せします。私はつま……剣を納める大事な鞘の方を修復したいと思います」

さすがに「つまらない」は言ってはいけない。たとえ本音であっても。

だが、うまいこと誤魔化せたかと思ったものの、カメラの向こうにいる若い現場監督が手を交差させて「×」を作った。ダメらしい。はいはい言い直しますよ。

修復作業は思ったより楽しかった。

傷だらけの金属の鞘が、磨いたり溝に粘土を詰めたりしていく内に、どんどん生まれた頃の姿に戻っていく。

前は壊すばかりだった私が、まさか今度は直す方に回るというのも皮肉な気が……いや、いや、私の記憶にないんだから装備品を破壊する趣味があったかどうかはわからないから。それに少なくともこのニア・リストンにはないから。今生はまだ未遂だから。あ、まだとか言っちゃダメだ。もうやめよう。

なんか心がざわめき出してしまったので、考えるのはもういい。

「だいたい終わりました。どうでしょう？」

大きなテーブルの前に真ん中の職人と並んで座り、撮影をしつつ作業をしていた。時折話をしながら、結構和やかに進められたはずだ。

まあ、編集でカットされることも多々あるので、映像として使えるところは使うだろう。隣にいる真ん中の職人に、だいたいの修復作業が終わったことを告げる。小さな傷の直し方は教わっていないので、私が手を出せるのはここまでだ。

「……あ、結構上手い……」

職人の目になって仔細に鞘を見る彼は、思わずという感じでつぶやいた。私には良し悪しがわからないので、まあ、お世辞だと思っておこう。

「手先は器用なんです。そちら、楽しい剣の修復は進んでいます？」

「ええ、こんな感じで――」

ほう……

見るからになまくらである。だが、使っていた人は長年大事にしてきたのだろうということが窺い知れる、年季の入り様である。まあ率直に言えば古いだけだが。

自分の作業に集中していたので見ていなかったが、彼の手が入り、古ぼけたなまくらシヨートソードはそこそこ見れる剣になっていた。

金属の鞘も悪くなかったが、やはりあっちの復元の方が楽しそうだな。

後半の撮影も順調に進み――

「ああ、わかった」

最後に、初老の男が修復した剣で、試し斬りを撮らせてもらうことになった。

工房の横手に向かうと、いつも試し斬りをしているのだろう地面に打ち込んだ柱が並ぶ場所があった。

その柱に、廃棄処分らしきボロボロの木製の盾を立てかけ。

それに向かって、修復したばかりのロングソードを振り下ろす。

――がすっ、と音がして、盾の中央まで刃が食い込んだ。

……ふうん。

「――カット！　ありがとうございました！」

これで工房の撮影は全部である。

あとは私が、その辺で締めの挨拶をやるのが残っているだけ、かな？　他に何もなければ、それで撮影は終了だ。

撤収の準備が始まる中――私は初老の男に声を掛けた。

「その剣は実戦用ではないの？」

「あ？」

真剣を振るうとあって独特の緊張感があったこの場に、私が発した言葉のせいで、違う種類の緊張感が走る。

私と、初老の男と、それを見ていた職人二人とリノキスだけに。撮影班は撤収の準備で忙しそうだから見ていないし聞いていない。

「だってあなたの腕なら、なまくらでもその盾くらい切断できるでしょう？」

――何せ武器の扱いは苦手な私ができるのだから。私より腕のあるこの男ができないわけがない。

「フン。ガキに何がわかる」

「わからないから聞いているのだけどね」

と、私はリノキスが押してきた車椅子に腰を下ろした。

「ごめんなさい。確かに不躾でした」

斬らないのと斬れないのでは、意味が違う。どちらかはわからないので、これ以上の言及はやめておく。

「……でも、私でもできるのに。やってくれなかったのね」

「なんだと」

あ、怒った。怒り出した。――計画通り！

だって仕方ないだろう。

こんなにも武器が満ちている場所で、一振りさえ許されないなんて、我慢できるわけがない。

まあ、私は武器はあまり好きじゃないけれど。

でもこの際、実戦の感覚が少しでも味わえるなら、もうなんでもいい。本当にもうなんでもいいのだ。

「だったらやって見せろ。おまえが見せたら俺も見せてやる。――俺の剣は見せ物じゃねえんだよ」

ああ、なるほど。見せたくなかったのか。

「――お嬢様、ダメですよ」

小さな声でたしなめるリノキスを無視し、私は立ち上がった。

「借りるわね」

手を差し出すと、「本当にやる気か？」みたいな顔をして……初老の男は持っていたロングソードを私に手渡した。

うん、重い。

いい重さだ。木剣とは全然違う。

今の私には重すぎるくらいだが……しかし動かない的を狙って一振りくらいなら、問題ないだろう。

撮影班が見ていない内に、さっさとやってしまおう。

上段に構え――振り下ろす。フッと息を吐くような音が空気を裂き、刃は地面すれすれで止まる。そして木製の盾の左側の一部が斬り飛ばされていた。

「やっぱり実戦用じゃないのね。あまり良い剣ではなさそう」

ちょっと重心がズレている気がするし、ちょっと引っかかりがあった。傍目にはわからなかったと思うが、刃がちゃんと研げていないのだ。……もしかしたら実戦用ではなく骨董品扱いなのかもしれない。あるいは個人の想いが詰まった思い出の品とか。

はい、と返すと、職人三人は呆然とした顔で私を見ていた。

「――ニアちゃん、次の撮影行くよ！　皆さん、今日は撮影のご協力、ありがとうございました！」

現場監督が呼んでいる。どうやらここまでのようだ。

「本日はありがとうございました」

私も挨拶し、車椅子で工房を後にし――五回目の「職業訪問」の撮影を終えたのだった。

ああ楽しかった！

久しぶりにほんの少しだが、実戦感覚に触れることができた！　やはりいい！　忘れかけていた感覚が蘇るようだ！

早く身体を鍛えよう。

そして、早く実戦に入りたいものだ。

評判が上がってきているそうだ。

撮影ばかりしていた冬が終わり、春がやってきた。

もうすぐ兄ニールが、アルトワール学院の春期休暇に入り帰ってくる予定だが、その直前のある日。

「――ニアの評判、かなりいいよ。おかげで魔晶板の売れ行きも上々だ」

朝食のテーブルで、父親からお褒めの言葉を賜った。

リストン家に届くファンレターは増えも減りもせず、毎日二、三通、時々届かないこともある程度。

ちなみに不在の兄には安定して届いている。

事前に危険かつ過激な内容のものは弾かれているはずだが、それでも私は兄にファンレターを見せるべきではないと思っている。……まあ、それを決める立場にないので何も言えないが。

まあ兄のことはさておき、私の近くでは変化がないから評判も何もなかったのだが。

どうやら魔法映像に出ている甲斐はあったようだ。

今の私は、とにかく「ニア・リストンの職業訪問」で魔法映像に出続けることしかできないので、いまいち受けがいいのか悪いのかわからなかった。

でもよくよく考えたら、撮影に掛かるコストだって決して安くはない。

その辺を鑑みるなら、撮影が続いているのが評判・評価そのもの、と言っていいのかもしれない。

コストを掛けても続ける意味がある、ということだから。

そうか、評判よかったのか。

最近やたら両親の機嫌が良さそうに見えたのも、気のせいではなかったようだ。

で、その最近やたら機嫌が良くて今日も機嫌が良さそうな両親は、ご褒美に私に何かを買い与えたいと相談を始めるが。

今私が欲しいご褒美は、一つだけだ。

私は、屈強な強者が欲しい。

思いっきり殴っても壊れないほど頑丈な強者が。

……なんて言えるわけもないので、「お任せします」とだけ言っておく。あ、貰えるなら未開の浮島でもいいけど。野生動物や魔獣くらいいるだろうし。……くれるわけないか。

財政難の今、子供に財産を分け与える余裕はないだろう。

それはともかく、魔法映像である。

計算では、現在リストン領地民の三パーセントくらいは魔晶板を持っていることになるらしい。それくらい売れているそうだ。

庶民ではまだまだ手が出ない値段だが――大手商会などは元から売れていたが、小さな商会や会社、領主経営の場所……劇場や観光案内所などへの設置が進んでいるそうだ。

なんでも、ローンでの購入はできないのかと問い合わせが多く、それに対応した結果らしい。

詳しくは教えてくれないが、大まかには、分割払いの制度が導入されたそうだ。リストン領に会社や店があり、何年くらい経営していて、利益はどうなっているのか……とか、そういう審査を越えられれば、晴れて購入にこぎつけられるのだとか。

そして、なぜそんな現象が起こるのかと言えば——私の「職業訪問」に辿り着く。

やはり魔法映像で流れた映像で紹介された店は、放送後、売り上げや問い合わせが激増するのだとか。

この辺はベンデリオの地酒効果で実証済みだったが、私の場合でも同じことが起こったわけだ。

つまり魔法映像は宣伝効果が望めるということだ。

必然的に「うちの店に来てくれ、うちの職業を体験してくれ」という声も上がるようになり——その辺で利益が出ているみたいだ。

まだまだ手探りらしい魔法映像での利益の上げ方が、少しずつ確立していっている。

このまま上手いこと軌道に乗れば、リストン家の財政も立て直せるだろう。

……兄は「リストン家の財政は一年二年は大丈夫」とは言っていたけど、このペースで間に合うのだろうか。

それだけが心配である。


「ご馳走様。お先に失礼します」

朝食を終え、席を立つ。

「あ、ニア。ちょっと待って」

何を贈るかで朝っぱらからイチャイチャしながら揉めていた両親――母親が、私を呼び止めた。

「でもお邪魔でしょう？」

元は私の話をしていたはずだが、自然な流れでイチャイチャし始めたし。こうなるとお邪魔でしかないでしょう？

「あなたが邪魔になる時なんてないわよ」

母親は笑いながら言うが、そういう嘘はよくないと思う。夜中、仲の良い夫婦の寝室に子供が急に行ったら困るでしょう？　普通の子供が信じたらどうするんだ。まあ私は普通の子供ではないからいいけど。兄だと大変だぞ。

「それより、あなたに違う仕事の依頼が来ているのよ」

ほう。違う仕事。

「というと、『職業訪問』以外の撮影？」

「ええ、そうよ。それも私たち以外からの依頼ね」

……なるほど。こういうパターンもあるのか。

私は放送局の発案した企画に沿って動いているが、今回の母親からの話では、放送局以外からの……言わば民間からの仕事の依頼になるわけだ。

放送局はリストン領、もっと言うと父親のものだ。私の場合は放送局主導だと、いわゆる公務に近い扱いになる。もしくは家業だろうか。

「ライム夫人。覚えているでしょう？」

ああ、はい。

「礼儀作法の指導をしていただきましたね」

「ニア・リストンの職業訪問」の第一回目の撮影で会った、熱心なあのマダムである。実はリストン家より階級が上なのだ。第三階級だから。

「あの方の紹介で、劇の役者をしてほしいそうよ」

劇の、役者？

なんだかピンと来ない私の耳元で、リノキスが囁いた。

「――お嬢様お嬢様！　女優デビューですよ、女優デビュー！」

女優、デビュー？

……なんだかやはりピンと来ないんだが。

「――へえ。劇団氷結薔薇と言えば、王都でも結構有名な劇団だな」

アルトワール学院が春期休暇に入り、兄ニールが帰ってきた。

その兄は、まず届けられた私の台本――先日請け負った役者の仕事で使う薄い本をめくりながら、そんなことを言う。

「らしいですわね」

私は未だに禁止……というかたぶん忘れられているんだと思うが。

すっかり出る側になってしまった魔法映像だが、病床にいた頃から変わらず、観られる番組が制限されたままである。

魔法映像でも劇の類は放送されていて、主に女性に人気があるんだとか。

そしてうちの魔法映像っ子である、専属侍女リノキスがチェックしていないはずもなく。

その辺の予備情報はしっかり耳に入れてある。

今回私が舞台に立つのは、劇団氷結薔薇の役者としてだ。

青髪の美男子ユリアン座長が立ち上げた劇団で、元は王都一有名な劇団から独立した形で発足。

ユリアン座長もそうだが、彼の双子の妹が、人気のある看板女優なんだそうだ。

劇団の名前となっている氷結薔薇というのも、前劇団時代の看板女優の異名から来ているとか。

――「まだ新しい劇団ですけど、もう中堅（ちゅうけん）どころといっていいと思います。ああ、『氷の双王子（そうおうじ）』を生で見られるなんて！　感激です！」と、うちの魔法映像（マジックビジョン）っ子が言っていた。

ちなみにその「氷の双王子」は、ユリアン座長と双子の妹、二人をまとめて呼ぶ異名らしい。異名が多くて大変である。

「お兄様は観たことあります？　劇団氷結薔薇（アイスローズ）のお芝居（しばい）」

「うん。まあ劇場じゃなくて魔法映像（マジックビジョン）でだが」

ほう。

「私も観ておくべきかしら？」

「そうだね。まったく知らないのと多少知っているのでは、やはり違うだろう」

なるほど。

「リノキス。なんでもいいから魔法映像（マジックビジョン）で劇をやる時は教えて」

傍（そば）に佇み控（ひか）えているリノキスに言うと、彼女（かのじょ）は了承（りょうしょう）しなかった。

「いえ、お嬢様はまだ解禁されておりませんから……」

あ、そうだ。そうだった。

私もさっき考えたが、私はまだ観ていい番組、観てはいけない番組の制限がついているんだった。

「なんだか禁止令も今更って感じだな。劇の演目は『恋した女』で、ニアの役は『母親に捨てられる子供サチューテ』だろう？」

兄の言う通りだと私も思う。

なんというか、大人の汚い部分、刺激が強い部分を観ないように、というのが私の番組規制だったのに。

でも、番組を観るどころの話じゃない。

今度の依頼で、大人の汚い部分、刺激が強い部分にどっぷり浸かることになるのだから。

私に依頼が来た劇は、簡単に言うと、恋をして男か自分の子供のどちらを取るか、という女と母の狭間で恋心に揺れる未亡人が主役の話である。

最終的に未亡人は子供を捨てて男の下に走るという、まあなんというか、子供から見ると心をえぐられるような内容となっている。

私だからいいようなものの、普通の子供にやらせるような劇でも役でもないと思う。

……いや、子供の頃から役者を目指すような子なら、むしろ望むところなのかもしれないが。私は役者志望ではないから。

「ところでニア」

「はい？」

「さっきからやっているそれは、劇の稽古か？　それとも踊りか？」

――これは武術の型である。……と思う。無意識には動くが記憶にはないので、私も正確なことはわからない。

「ただの軽い運動です」

とだけ答えておいた。

冬から春になり、最近ようやく車椅子を卒業することができた。

そして、ようやく最低限の肉が付き、体力が付き、日常生活に支障がなくなった昨今――こうして型の訓練に入れるようになった。

庭でやってもいいが、悪目立ちして使用人たちの視線を集めそうなので、無駄に広い自室でやることにしている。

ゆっくりと。

ゆっくりと「氣」を練りながら動く。

決して、速度と反動と加速と勢いを使わず、ただただゆっくりと。

正確に身体を動かし、終われば静止する。

一度やれば息切れし、全身から汗が吹き出す。

二度やれば足腰が立たなくなるほど疲弊する。

——一日中やれるようになったら、ようやく次の段階へ行けるのだが。

やはりこれも、先は長そうだ。

「…………」

「…………」

そして、兄には伝わらないようだが。

兄の専属侍女リネットと、私の専属侍女リノキスには、劇の稽古にも踊りにも見えていない。

もちろん、軽い運動にも。

真剣な面持(おもも)ちで私の型を見ている彼女たちには、型を通して、私の中にある強さがおぼろげに見えているのだろう。

すぐに両親に申請(しんせい)し、魔法映像(マジックビジョン)の演劇に関する番組だけ視聴(しちょう)許可を貰った。

……チッ。

私としては、冒険家(ぼうけんか)や浮島周辺の、いわゆる冒険(ぼうけん)ものの番組を観たかったのに……この手のことに関してだけは、両親は甘(あま)くない。

ああ、血とか観たかったのに。血湧(わ)き肉躍(おど)る戦闘(せんとう)風景とか観たかったのに。

……まあいい。今は私の願望よりリストン家の財政だ。

許可が下りてすぐ、撮影のない日は、兄と一緒にたくさんの演劇番組を観た。

その中には、これから同じ舞台に立つ劇団氷結薔薇の劇や、ほかの劇団の演目「恋した女」が放送されたりした。なるほど参考になる。これを私もやるのか。

うーん。

それにしても。

どれもこれも回りくどいし、まだるっこしい話ばかりだな。時々歌い出すし。踊り出すし。

なんかこう、鉄拳一発ですべて解決するような劇はないのか。

だらだらずるずるやっているから周囲に迷惑をかけて最終的には愛憎でどろどろの真っ黒になるんだ。きっぱりやれ。いい大人が割り切れなくてどうする。そういう葛藤は人生経験が足りずなかなか踏み出しきれない自意識過剰な少年少女時代に済ませろ。

「素晴らしいな」

……と、私は思うのだが、周りの反応は違うのである。

兄は感心しているし、専属侍女たちは涙まで流して感動している。今のよかった？　子供の頃から六十歳になるまで一人の女性を思ってたっていう、うじうじした初老男の初恋が死の間際に叶うって話だけど、本当によかった？　少年の頃に一言「好きだ」とか場合によってはキスとか押し倒すとか、奥手なら花束と恋文でも贈れば違った人生歩んでた、みたいな話だけど？　本当によかったか？

…………

いいんだろうなぁ。泣いてるしなぁ。

というか、これはもう、なんだ。

私の感性が枯れていると思った方がいいのか？　それとも愚直と言うべきか？

——ああ、あと。

どこの劇団を観ても、どんな女優を見ても、兄より可愛い人はいなかった。

兄がいない時に訊いたら、リノキスもリネットも同感だと言っていた。

そりゃ未だにファンレターも届くというものだ。

「また腕が上がってますね」

「ええ。将来が楽しみだわ」

——兄ニールの剣術訓練を見学したり。

「ニアちゃん、今日もよろしくね！」

「はい、よろしくお願いします」

――「ニア・リストンの職業訪問」の撮影をしたり。

「なぜまだ届く…… 一度しか出ていないのに……」

「お兄様ったら人気者ね」

――私の生存報告以降、一度も魔法映像に出演していない兄への熱烈なファンレターが途切れなく届くことを嘆く兄を「可愛いな」と思いながら見守ったり。

そんな毎日があっという間に過ぎていき――

元々短かった兄の春休みが終わると同時に、私も荷造りを済ませた。と言っても、私は専属侍女のリノキス任せにしただけだが。

リストン家が立つ島のはずれにある飛行船発着場には、飛び立つ準備ができている小型飛行船がスタンバイしていた。

「お兄様の飛行船は安心します」

飛行船自体にはもう何度も乗っているが、未だに金属の塊が飛ぶというのが信じられない私がいる。不信感を抱かずにはいられない私がいる。

兄の小型飛行船は、外側だけは懐古趣味な木造仕立てなので、なんというか、ほっとするのだ。

少なくとも木造の方が金属の塊より浮きそうだし、飛びそうだから。

「中身はすごいぞ。機関部とか見るか？」

「いえ結構」

金属金属したものは見せなくてよろしい。見たくもない。

「お二人とも、お気をつけて。――リネット、リノキス、ニール様とお嬢様を頼みますぞ」

老執事ジェイズに見送られ、懐古趣味な飛行船はリストン家から飛び立った。

今度の役者の仕事は、王都アルトワールの劇場で行われる。

飛行船を使えば半日ほどで到着するが、稽古をするたびに移動するのでは時間が惜しいので、私はしばらく王都に泊まり込みになる。

ついでというわけではないが、時期もほぼ重なるので、兄が学院の寮に戻るのに便乗することにした。

「向こうに着いたら王都を案内しようか？」

「ありがとうお兄様。こちらの予定がわかったらお願いするわ」

王都観光に興味がないわけではないので、それは空いた時間に頼みたい。

まず、王都に着いたら第三階級貴人であるライム夫人と会う予定になっている。

ライム夫人は、「ニア・リストンの職業訪問」第一回目の撮影で、私の礼儀作法の教師を務めてくれた方だ。

元々両親と仲が良いことから出演を頼み、快く請け負ってもらったとか。

そして今回は、仕事の依頼……いや正確には依頼人は別にいるので、仲介というのだろうか。紹介してもらったという形になる。

リストン領のチャンネルへの出演と、今回の仕事の紹介と。

見える部分でさえ結構お世話になっている。恐らく見えない部分も含めれば、もっとお世話になっていることだろう。ライム夫人には頭が上がらない。

「それより、学院でのお兄様はどうなの？　しっかりやれている？　ちゃんと食べてます？　己の過失でお友達とケンカしたら、自分から謝らなければいけませんよ。あと脱いだ服をその辺に放り出してはいけませんよ」

「母上か」

あ、そういえば母親も似たようなことを兄に言っていた気がする。

しかしまあ言うだろう。年端もいかない子供が寮生活をしていて、離れて暮らしているのだから。身内なら心配しない方がおかしい。

「リストン家長男として恥ずかしくない程度には頑張って過ごしているよ」

ほう。

「それは結構ですね。それで？　ほかは大丈夫ですか？」

「ほか？」

「たとえば、女の子を泣かせたりしていませんか？　思わせぶりな言動とかで」

「…………」

あ、この沈黙。この目の逸らし方。すでに泣かせているな。

「まあ……まあ、大丈夫だ。人との付き合い方にはリネットも厳しいしな。少なくとも、未熟ではあってもだらしない生活はしていないと思う」

ほう。専属侍女リネットか。

常に兄の近くにはいるが、あまり私とは接点がないので彼女の人となりはよくわからない。話をしたのも数えるほどしかない。というかそこにいるし。

彼女がもう少し強ければもっと気になるんだろうが……まあ、侍女に行き過ぎた強さを求めるのも酷な話か。

そういえば、リノキスとはアルトワール学院で同級生だったとか言っていたかな。

……まあ、今は気にしなくていいか。

「王都でも空いた時間に『職業訪問』の撮影をするんだって？」

「ええ、そうらしいわ」

せっかく王都に行くんだから、王都で撮影をしようと。

最近は撮影に同行しないくどい顔のベンデリオが、久しぶりに直接リストン家にやってきて、私に提案したのだ。

彼が出演する「リストン領遊歩譚」は、リストン領地内で、という括りがある。だから王都での撮影は基本的にない。というか領地以外での撮影がない。

だが私の場合は、あくまでも「職業を体験する」という趣旨なので、場所はあまり問わないのだ。

なので急遽、王都での撮影という劇以外の仕事をねじ込まれたのだ。

きっと今頃、放送局では予定を詰めたりスケジュールを調整したり訪問する先に約束を取り付けたりと、大急ぎで企画書を作っている真っ最中だろう。

まだ何も決まっていないだけに、どんな撮影になるのかは私も知らない。ちょっと楽しみでもある。

「お兄様も出る？　せっかく王都で撮影するのだし」

「……いやだ。私はもう出ない」

あら。きっぱりと。むくれる兄も可愛いな。

のんびりした空の旅は、予定通りに終了した。

朝早く出発したリストン領から半日、夕方には王都が見えてきた。

――海に根付く広大な大地が、夕陽を浴びて赤く染まっている。

大地の欠片たる浮島ではないその堂々たる姿は、王の住まう地と呼ぶに相応しい威厳と力強さを感じさせた。

飛行船用の港に着け、私たちは無事王都アルトワールの地を踏むことができた。

ここはアルトワール学院の生徒及び関係者用の発着場らしく、飛行船は港で働く船員たちに任せていいらしい。

「――ニール様。お時間が迫っています」

降りるなりそう告げた兄専属侍女リネットの言葉に、兄は「ああ、わかっている」と頷いた。

「ニア、すまないが時間だ」

「門限ね。どうぞ構わず行ってください」

ここまでの道中に聞いている。

アルトワール学院小学部の寮の門限はかなり早く、それまでに寮に戻らないと門を閉じられてしまうそうだ。

恐らく、元は多少余裕がある旅の行程だったのだろう。だが私が同乗したことで全ての予定が少しずつ遅れて、結果到着がギリギリになってしまった。

大きな積乱雲を避けたりしたのも、多少は時間のロスになったのかな。

門限に遅れると翌日の朝まで寮に入れず、どこかで夜を過ごすことになってしまうのだとか。

まだあと数日ほど春期休暇が続くので外泊しても問題はないが、兄はとっとと寮に戻ろうと考えているようだ。

リストン家の財政問題があるので、無駄な出費は避けたいのだろう。

「すまない。また後日」

さてと。

挨拶もそこそこに、夕陽に染まる王都へ向けて、兄とリネットは小走りで消えていった。

「私たちも行きましょうか」

「はい」

そして遅ればせながら、私とリノキスも歩き出した。

王都アルトワール。

王都と名が付くだけあって、栄えていて、城があり、王族がいる、アルトワール王国の中心都市である。

王都の名前もアルトワール。この国で唯一(ゆいいつ)の海に根付く大地にある都である。

今では飛行船という移動手段ができ、それからは物流も大きく動き、あらゆる物が集まる大きな都市となった。

物が集まれば、人も集まる。

リストン領の本島もそれなりに栄えていたが、ここは比ではない。

まさに大都会である。

海に面した部分から長方形に伸(の)びている都は、丸一日歩いても、端(はし)から端まで辿り着くことはできないほど広大であるのだとか。

——と、説明を受けたが、実際に見るとなかなか圧巻である。

とにかく人が多く、活気もあり、物が溢れている。

道行く人たちの腰から胸元くらいまでしか背丈がない私には、正直ちょっと視界が狭くなるので鬱陶しい。それくらいの人込みである。

「お嬢様。はぐれないように付いてきてくださいね」

「ええ」

リノキスもアルトワール学院を出ているので、多少王都の土地勘はあると言っていた。

ライム夫人が待っているはずなので、あまり遅れるわけにはいかない。

無駄にうろうろせず、彼女の先導に任せよう。

「なんなら手を握ってもいいですよ」

「あなたの両手には荷物があるじゃない」

「あ、そうですね。じゃあ袖を握っていてもいいですよ？」

「いえ結構。早く行きましょう」

人込みで迷うほどの歳ではない。ニアは五歳だが、私はきっと、もっと老いているし枯れている。

「……車椅子に乗らなくなってから、お嬢様とのスキンシップが足りないと思うのですが」

なんかわけのわからないことを言い出したな。

「どうでもいいから早く行かない？　ライム夫人が待っているわ」

「子供の成長って早いですね……私は寂しいです」

本当に言っている意味がわからないんだが。……なんだろう？　いつしかリノキスの母性が目覚めていたとか、そういうことなのだろうか。

まあ、とにかく今は移動だ。人を待たせている。

よくわからない愚痴を言いながら渋るリノキスを急かし、人込みの中に突入した。

「この辺は商業地区ですからね。他の地区はそんなに人は多くないですよ」

リノキスの言う通り、商業地区……露店や店が並ぶ一帯を抜けたら、だいぶ人が少なくなった。

「ここがメインストリートですね。ほら」

両手が荷物で塞がっているリノキスが、メインストリートの彼方に視線を向ける。

私も視線を向ける、と――あ。

「観たわね。『美しい風景』で」

王都のチャンネルから発信されている「美しい風景」は、世界の絶景を見せてくれる番組だ。

かつて私に観ることを許されていた、数少ない番組の一つだった。

――それが、この光景である。

広いメインストリートに並ぶおしゃれな高級店の建物と、その奥にある美しい王城。もう少し引きで撮影した映像だっただろうか。何度も再放送されていたので、この景色は何度も観ている。

魔晶板とは違い、実物で観ると迫力がある。魔晶板越しだとどうしてもサイズが小さく見えてしまうから。

横顔を赤く染める王城を横目に、ようやくメインストリートに面した目当ての場所――レストラン「黒百合の香り」に到着した。


「いらっしゃいませ、リストン様。お席にご案内いたします」

見るからに高級レストランである。

リノキスには、予約を入れているホテルに荷物を運んでから合流するよう伝え、私は先に入店することにしたのだが。

店に入るなり、品の良さそうな中年のウェイターに名指しで挨拶された。……さすが高級店、思いっきり客を選びそうだ。名前を知らない者や一見はお断りだったりするのだろう。……まあ高級店なら普通か。予約制だろうから。

「ありがとうございます。ライム夫人は？」

「お連れの方といらしております。さ、どうぞ」

ウェイターの案内で、テーブルのある店内……ではなく、そのまま奥へ案内される。

「個室かしら？」

「はい。こちらになります」

ノックをして中から返事があったところで、すっと音もなく扉を開く。

そして私は、心持ち背筋を伸ばして個室に踏み込んだ。

「――お久しぶりです。ライム夫人」

第三階級貴人にして、現在は貴人階級の子供に礼儀作法の家庭教師をしている女性――

ヘレナ・ライムは、穏やかだが隙のない視線で私を見据える。

「久しぶりね、ニアさん」

きっちり結い上げた金髪に、派手さはないが品よく仕立てたドレスを着た、四十半ばほどの女性。

深い緑色の瞳は、やはり穏やかだが隙がない。

ヘレナ・ライム。

第三階級貴人ジョレス・ライムの奥方であり、王族にも彼女の指導を受けた者がいたりする。社会的信頼は非常に厚い。

――「ニア・リストンの職業訪問」で最初に訪ねた人である。

後から気づいたが、撮影・放送第一回目にライム夫人を選んだ理由は、新番組の箔を付けるため、また彼女と懇意にしているというリストン家の牽制……私とライム夫人は知り合いだ、と周知させるためだと思われる。

魔法映像はまだまだ知名度も低く、一般には広まっていない。

更には歴史も浅く、いろんなことが手探りで行われている。誰も正解・正道、または失敗、あるいは禁忌というものがわかっていないのだ。

噂で聞いた限りだが、今はまだ「子供を魔法映像に出演させる」というのも珍しいせいか、貴人たちの中には露骨に子供を出すことに反感を持っている者もいるとか。

そんな反感の声を抑えるための、ライム夫人という布石だった。……と、今なら思う。

子供である私を批難すれば、共演したライム夫人も批難することになる。

そういう若干政治的な意味での牽制もあったのだろう。

まあ、私が考えるべき話ではないか。

そういう調整は両親に任せてあるので、私は撮影をしっかりやるだけだ。

「初めまして、ニア様」

ライム夫人と挨拶を交わした後、夫人の隣の席にいた男が立ち上がって挨拶をした。

「ユリアン様でしょうか？　お初にお目に掛かります。ニア・リストンです」

青髪の美男子。

今度の仕事の依頼元に、そして私がやる仕事。

その辺を考えれば、間違いないだろう。

「はい。僕が劇団氷結薔薇の座長、ユリアン・ロードハートです」

……ふむ。これがユリアンの素顔か。

魔法映像で観たことはあるが、私が観たのは舞台上の、そして魔晶板越しの彼である。

やはり舞台映えするメイクをせず、役になり切るための衣装ではないせいで、魔晶板で観た顔と素顔とでは別人のようである。

舞台上では、確かに「看板役者」とか「スタア」などと呼びたくなるほど、派手できらびやかだったが。

「素顔のあなたもハンサムですわね」

目立つ青髪に、深いヘーゼルの瞳の二十歳を越えているくらいの男。細身の長身はとても舞台で映えるのだろう。

「はは、ありがとうございます。ニア様も大変可愛らしいですよ」

だろう？

でもはっきり言って兄の方が可愛いのだよ。

挨拶を済ませ、私もテーブルに着いた。

「ライム夫人、先日はお世話になりました。放送は観ていただけましたか？」

「ええ。それにあなたが映る番組はいくつか観ているわ」

そうか。観てくれているのか。

「――まあ、不快ではありませんでしたね。未熟ではありますが、淑女に努めようという姿勢は見られました」

ああ、礼儀作法方面の評価か。

……真面目にやり過ぎても訪問先の人たちを委縮させるし、でも子供っぽくやりすぎてもリストン家の名に傷がつくという、結構気を遣う番組なのだ。

最初こそ気楽に考えていた気がするが――それこそライム夫人の教えが、後から効いてきている気がする。

礼を失すると家に傷が付く、無知を晒すと家に泥を塗る、油断すると家が付け込まれる。

あの時夫人にくどくど言われた言葉は、撮影で他者と関わる毎に、たびたび考えさせられた。

「夫人の及第点があれば安心ですわね」

「調子に乗らないの。未熟だし、減点がないとも言っていないわ」

――相変わらず厳しい人だ。

しかしこういう人の言葉は、本当に後から頷かされることが多いのだ。長い人生において大きな財産になるほどに。

でも子供には伝わりづらいだろうな。

成長して、振り返って、夫人の言葉に納得できるまでは、「なんだこのババア」くらいの感想しかないかもしれない。

「まあまあ、夫人」

ユリアンが険悪な雰囲気を察して口を出すが――実際はさほど険悪ではない。

私の方が受け入れているし、ライム夫人もそれがわかっているから。

まあ、いちいち反発するほど私は子供ではないのだから当然だ。

先程案内してくれたウェイターがやってきて、料理を出してもいいかと訊ねる。どうやら料理のコース自体は決まっているようだ。

「――失礼します」

ついでにリノキスが合流し、私の後ろに控えた。侍女なのでテーブルには着かない。「どこかで夕食を食べてきてもいい」と言うと、強く拒否(きょひ)された。

リノキスの目当てはユリアンだろう。彼女は魔法映像(マジックビジョン)で観る有名人が大好きだから。

まあとにかく、本人が言うなら仕方ないので、リノキスは放っておくことにしよう。

夫人とユリアンは食前酒を、私は水でグラスを満たす。……呑(の)みたい。私も白ワインを呑みたい。赤でもいい。目の前で呑まれるのはちょっと堪(こた)える。

――酒を見ているといらないことを言い出しそうなので、今度の仕事の話でもしようか。

「夫人とユリアン様はお知り合いですか？」

確か、夫人の知り合いの依頼(いらい)だという話だったはず。

その知り合いが、ユリアンなのだと思うが。

「知り合いというより、親戚(しんせき)になるわね。実は彼は甥(おい)に当たるのです」

ほう。親戚に。

「僕は彼女の姉の息子(むすこ)です。こういう仕事をしているので、階級のことは大っぴらには公表していませんし、夫人……叔母(おば)との関係も一部の人しか知りません」

ライム夫人の姉が今どうなっているかわからないが、この言い方だと貴人であることは間違いなさそうだ。

さっき名乗ったロードハートは、恐らく芸名的なものだと思うが……まあそのうち聞けばいいか。

「それで、私はユリアン様の劇団に一時的に属する、という形でいいんでしょうか？」

「はい。魔法映像（マジックビジョン）で時折お見かけするニア様に、ぜひ今度の舞台（ぶたい）に参加していただきたいと。僕から叔母に連絡（れんらく）を取るようお願いしました」

なるほど。

魔法映像（マジックビジョン）を観ていれば、確かに共演したライム夫人と私が知り合いであることはわかる。

まあそれ以前に、リストン家とライム家の仲がいいことは、周知の事実だと思うが。上流階級は情報が命だからな。

「それではまず、私のことを様付けで呼ぶのはやめてください」

「はい？」

「私はただ役者として舞台に立つよう依頼され、ここに来ました。これより先はリストン家の娘（むすめ）ではなく、ユリアン座長の下で働くただのニアとして接してください。

座長がただの役者を様付けで呼んでいては、ほかの方に示しが付かないでしょう？　それに私もお客様扱（あつか）いされていてはやりづらいので」

ユリアンは少し考えたようだが、すぐに頷いた。

「……うん、わかった。よろしくね、ニアちゃん」

「はい。よろしくお願いします、座長」

と、そんな挨拶を交わしたその時だった。

コンコンとノックの音がした、と同時に、扉が開いた。

「遅れてすまない！　ニア様はもう来て……あ、来てる……」

あ、看板女優の氷結薔薇（アイスローズ）だ。

飛び込んできたのは、ユリアンにそっくりな男――ではなく、女である。

ルシーダ・ロードハート。

劇団氷結薔薇（アイスローズ）と同じ異名を持つ、ユリアンの双子（ふたご）の妹で、看板女優である。

――なるほど。双王子（そうおうじ）か。

魔晶板越しで舞台に立つ彼女（かのじょ）も観たが、いわゆる男形……男装の麗人（れいじん）という役どころが多いようだ。

なので、兄妹（きょうだい）の双子でありながら二人には「氷の双王子」という異名が付いている、と。

まあ、舞台メイクをしていない彼女は、やはり男性というよりは女性らしさの方が勝っているとは思うが。

　それでも美男子に見えないこともない。

　ハンサムなユリアンにそっくりだから。

「叔母様、遅れてすみません。――ニア様、初対面で遅刻など無礼を働きました」

　階級的に立場が一番上のライム夫人に一言入れ、ルシーダは私の傍らに跪いた。

「はい、わかりました。以降はただの劇団員として私を扱ってください、ルシーダさん」

　謝罪を受け入れ、あえてさん付けで呼び、とっとと椅子に座ってほしいと返してやる。

　というか、そういう芝居がかったのはやめてほしい。リノキスが興奮するから。とても熱い視線を感じるから。心の中で「お嬢様！　氷結薔薇様ですよ！　というか氷の双王子ですよ、双王子！」と大騒ぎしているのが手に取るようにわかる。

　そんな私をまじまじと見詰め、ルシーダは微笑んだ。おお、薔薇のつぼみが綻ぶような笑み……さすがは看板女優、華がある。

「……やはり君は期待通りだよ」

　期待？

「最初にニアちゃんを呼びたいと提案したのはルシーダなんだ。――ルシーダ、そんなところにいたらニアちゃんの食事の邪魔だろ。早く座れ」

「わかっている」

ルシーダは立ち上がり、一歩下がった。

「――初めまして。私はルシーダ・ロードハート。劇団氷結薔薇(アイスローズ)の役者です」

「――初めまして。ニアです。今回は呼んでいただいてありがとうございます。素人(しろうと)ではありますが、全身全霊(ぜんしんぜんれい)でやり遂(と)げたいと思います」

やや堅(かた)い挨拶を交わしたところで、あまり堅くないなごやかな夕食が始まった。

子供の頃(ころ)から舞台に立っているというユリアンとルシーダの経験談は、面白(おもしろ)おかしいネタが多かった。

あくまでも面白おかしいネタだけである。

きっと面白くないし不快な経験もたくさんしてきたことだろう。兄ではないが、人気商売はなんだかんだと心身に負担が掛かることも多いから。私は多少のことならすぐ忘れるけど。

まあ、あえて子供に不快な話をしようなんて、よっぽどじゃないと思わないだろう。

何度かリノキスに「はずしていい」と声を掛け、しかし頑(かたく)なに動かない彼女もそのまま過ごし、ゆっくりとした夕食はようやくデザートとなった。

「それで、どうかしら？」

と。

話が途切れた時、終始聞き役に徹していたライム夫人が、双王子に視線を向けた。そういえば夫人とルシーダの瞳の色は同じである。親戚という話は嘘ではないのだろう。

「ルシーダ。おまえが決めていい」

「わかった。任せてくれ」

ユリアンにそう答えたルシーダは、なごやかだったムードを掻き消すような力の入った瞳で私を見た。

うむ、どうやら何か話があるようだ。

「ニアちゃん。君がただの子供なら、恐らく明かすことはなかったと思う。しかし君は私の見立てと、叔母様の見立て通りの子だった。だから話しておきたい」

……ということは、やはりアレか。

「あえて私を呼んだ理由があるのですね？」

私は演劇は素人である。

だからこそ、真剣にやっている人たちこそ、私みたいな素人なんて入れたくないと思うはずだ。

毎回毎回心血を注いで役に向き合い、本気で他人を演じ切り、だから人の心を打つ。

実力のある劇団ならなおのことだ。助っ人が欲しいと思っても、やはり素人よりは実力のある人を呼びたいだろう。

……と思っていたのだが、どうやら当たりのようだ。

私を呼んだ理由は、役者以外を求めるため。

むしろ納得できる答えである。

「気を悪くするかもしれないが……実は――」


ライム夫人とユリアンとルシーダ、ついでにある意味リノキスという顔ぶれが参加した夕食の席から、翌日。

私はホテルで一晩を過ごし、約束の時間に合わせてリノキスと共に、劇団氷結薔薇がいつも稽古をしているという貸し部屋にやってきた。

氷結薔薇の名が売れているが、興して日が浅い劇団なので、まだ自分たちの稽古場は持っていない。

ここは一ヵ月契約で借りている部屋で、舞台が決まったら稽古場としてよく利用するそうだ。

「おはようございます」

約束の時間より少し早めにやってきた。

扉の前に「劇団氷結薔薇貸切」と書かれた木札が出してあったので、間違いないだろう。

扉を開けると……お、いるいる。

昨晩会った青髪の双王子を始め、十人ほどの役者が身体を伸ばしたり台本を持ったりしている。いかにもこれから稽古します、という感じだ。

私を見たユリアンとルシーダが微笑み、こちらに来ようとするが――その前に。

「――遅いわよ新人！」

気性が荒そうな赤の混じった金髪の少女が、ツカツカと私の前にやってきた。

――なるほど。ルシーダたちが言っていたのは、この娘か。

「貴人の娘だかなんだか知らないけど、今のあなたはただの新人なんだから！　新人なら先輩たちより先に来て掃除くらいしなさいよ！」

はあ。

「善処します」

うん……確かに悪くないな。

私の後ろにいる侍女の舌打ちは聞こえたが。リノキスは気に入らなかったようだ。念のため、手も口も出さないよう言っておいた方がいいかもしれない。

なお、私にははっきり聞こえた舌打ちだが、金髪の娘には聞こえなかったらしい。まあ揉める必要はないので運が良かった。

「まったく……だから素人は嫌なのよ！」

私の返答に納得したのかどうかはわからないが、言いたいことを言った彼女はさっさと私に背を向けて、さっきの場所に戻っていった。

いや、私の返答などどうでもよかったのだろう。

とにかくまずは一発かましてやりたかったのだと思う。それはわかる。先制攻撃とは後の勝負を左右するほどの大きな意味がある。

まあ、私くらいになると、あえて先制攻撃を貰って相手の全力を出させてから勝つ、というのがお約束ではあるが。だって私が先制を取ったら勝負にならないから。強者とはそういうものだ。

まあ、さておき。

去り行く彼女の肩越しに、ユリアンとルシーダが苦笑しているのが見える。

――大丈夫、問題ない、という意味を込めて頷いて見せた。

金髪の娘の名前は、シャロ・ホワイト。

劇団氷結薔薇（アイスローズ）に欠けている、次代の看板女優である。

「――お嬢様（じょうさま）」

「何？」

「そろそろあいつ殺しましょうよ」

「やめなさい」

劇団氷結薔薇（アイスローズ）の稽古が始まり、そしてリノキスが血沸（わ）くことを言い始めて四日が経（た）った。

「じゃあせめて手伝いを――」

「私の役目よ」

渇（かわ）いたモップを持って、壁（かべ）から壁へ一気に走り抜ける。

何度も何度も往復する。

しっかりした拭（ふ）き掃除は週に一回、モップ掛けは朝稽古の始まりと終わりに一回ずつ。

「……よし、と」

そしてそれは、新人である私の仕事である。

シャロに言われたのが発端（ほったん）ではあるが、結局私が買って出たことでもある。

――なんとも懐（なつ）かしいのだ。

鍛錬する場を清めるのは、己が武に関わる全てへの敬意である。

そう語ったのは誰だったか。

記憶がないので思い出すことはできないが、己の強さに奢り高ぶった私を戒める言葉だったのではないか、という気がする。

己と向き合い磨くのが武。

しかし武とは、外へ放つ力である。

鍛錬の場に、競い合う同門や同志に。己と向き合う環境に、血肉となるものに。

全てに感謝と敬意を示せ。

それがなければ、武ではなく暴力である、と。

初日を除き、早朝の稽古場の清めは今日で三回目。

やればやるほど、かつての何かを思い出しそうになる。

——だからなのか、それとも単純に身体を使うことが嫌いじゃないのか。

この作業には、あまり悪い気はしないのである。

なんだかんだ殺意表明したがるリノキスは一旦追っ払い、掃除を終えて道具をしまう。

リノキスは昨日から一旦稽古場から追い出され、昼食を持って昼また来る。

いるとうるさいし邪魔だからこれでいいのだ。

「――おはよう」

そうこうしている内に、劇団員たちがやってくる。

一番早くに来るのは座長のユリアンである。彼はいつも早い。

最初こそ、新人らしい雑用を任された私に気を遣って早く来ているのかと思ったが、いつものことなのだそうだ。

それから他の役者たちがやってきて――その中に彼女もいる。

初日に私に一発かました、赤色の混じった金髪の娘シャロ・ホワイトだ。

そして時間通りにやってくるのが、座長の妹にして看板女優氷結薔薇(アイスローズ)ことルシーダである。

「では今日の稽古を始める。まずは柔軟(じゅうなん)体操を」

だいたい全員が揃(そろ)ったところで、ユリアンが指示を出す。

一人で身体を伸ばす者、二人組で体操をする者、すでに終えている者と様々だが――

「押(お)しましょうか？」

「け、結構、よっ」

床(ゆか)に座り、足を開いて上半身を前に倒(たお)すシャロだが、やや身体が硬いようだ。股(また)割りくらいできないと怪我(けが)をするぞ。

「というか、あなたはなんで、そんなの、できるのよっ」

息も絶え絶えになるほどぐーっと無理やり身体を伸ばしているシャロは、すぐ横で片足で立ち、もう片方の足を垂直に上げて己の顔に付けている私を見ている。

なぜかと問われれば、武に柔軟性は付き物だからだ。身体が硬いと動きづらいし、咄嗟の動きで腱が切れたりする恐れもあるし、とにかく肉体の可動域が狭くなる。一流ほど身体は柔らかいものなのだ。

子供だけに、ニアの身体は元々結構柔らかかった。

これくらいできるようになるまでに、そう時間は掛からなかった。

もう片方の足も上げてしっかり腱を伸ばすと、今度は両足を揃えて立ち、上半身を前に倒す。顔が自分の両膝に付くほどに。

そんな私を、シャロは苦々しい表情で見ていた。

「背中を押しましょうか？　ほら遠慮せず」

「ちょ、やめ、触らないたたたたたたたっ！」

「あーこれは硬い。硬いなぁ」

「痛い痛い痛い痛いっ！」

何が痛いだ。一流の女優を目指すなら股割りくらいできるようになれ。

「では稽古を始めよう！」

痛がるシャロをいやがらせがてら手伝い柔軟を終え、私としてはこのまま型の訓練でもしたいのだが……まあ、今はそれどころではないので、ホテルに帰ってからやるとして。

私とシャロは二人して少し離れ、台本を広げてセリフを読み合う。

——今回の「恋した女」の主演と、その子供役だからだ。

一回通してセリフの掛け合いをした後、私は言った。

「今日は言わないの？」

「は？」

「なんで私が素人の面倒を見ないといけないの、って」

初日を含めて昨日まで、必ず稽古の前に言われていた言葉だ。

「……可愛くない子」

可愛くないはお互い様だろう。シャロだって今のところ全然可愛げはない。そもそも私は「子」ではないしな。

——だが、少しは余裕が出てきたかな。

シャロの些細な変化を感じ、私はあの夜、ルシーダに言われたことを思い出していた。

あの夜。

レストラン「黒百合の香り」で初めて顔を合わせた、あの食事の席のことだ。

花の香りがする紅茶とドライフルーツの入ったパウンドケーキが並べられるが、誰も手を付けない。

ルシーダが真剣な面持ちで話し出したからだ。

「気を悪くするかもしれないが……実は、君の人気と度胸を利用したいと思って呼んだんだ」

ほう。利用とな。

「はっきり言いましたね」

「『ただの子供』に話すつもりはなかったよ。でも君はむしろ、ちゃんと話しておいた方が思い通りに動いてくれそうだと思って。

物分かりはいいいし、頭もよさそうだ。最初は魔法映像で堂々と受け答えをする君を見て気になり、叔母に君の印象を聞いたんだ。

――子供とは思えないほど度胸があり、また非常に落ち着いている。納得できれば憶えも早い、と。

このディナーの席で、私も同じ印象を持ったよ」

子供とは思えないほど、か。

実際その通りなので、その辺は勘弁(かんべん)してほしい。さすがに本物の子供のようには振る舞(ま)えない。

「今度の演目『恋した女』には、若い役者を主演に起用する予定なんだ。いずれうちの看板女優になる娘だよ」

若い役者を主演に。

主演と言うと、例の「子供を捨てる未亡人役」か。

「ルシーダさんではなく？」

「そうだよ。今度の主演は、今のところ無名の新人だ。というか今度の劇でお披露目(ひろめ)という形になるのかな。これまでに端役(はやく)はあったが、主演は初めてだから」

……なるほど、後進の育成でもあるのか。

男役は目の前の「氷の双王子」でだいたい足りるから、看板女優が欲しいのだろう。ルシーダは男装の麗人という側面もあるので、女性専門の女優が。

「実力はあるし、度胸もある。もちろん看板女優になれるだろう風格もあると思う。

何より、主演は彼女がずっと目指していた目標だ。当然やる気も漲(みなぎ)っている。

――問題は、やる気が漲り過ぎていることだ」

ああ、わからなくはない。

「気負いがすごいのですね」

「その通りだ。気合が入り過ぎていて、ちょっと回りが見えていないところがある」

いざチャンスを前にして力が入り過ぎている、と考えるとわかりやすいだろう。よくあることだ。

「まあ、稽古を続ければ少しずつ落ち着いて、最終的にはいい感じになるとは思うんだ。

——ただ、彼女と向き合うことが多い役……『子供役』がね。これといった子がいなかったんだよ。今の彼女にぶつけたらケンカになったり潰されそうな子ばかりでね」

ふうん。

「じゃあ、耐えられそうな子を外から調達しよう、と？」

「そう。そしてそう考えた時、私は君を思い出した。魔法映像で常に落ち着いて振る舞う君なら、彼女と向き合えるのではないかと。

おまけに、彼女の踏台に丁度いい人気者でもある——君の人気、王都でもかなり上がってきているんだよ」

ほう、王都で私の人気が上がっていると。

どこかで私に対する規制が掛かっているのか、リストン領でさえあまりそういう声は聞こえてこないのだが。王都ではそうなのか。

まあ、がんばって出演してきた甲斐はあったかな。

「つまりやる気が空回りしている主演女優の相手役として。そして私の人気を利用して、無名の主演女優の知名度を上げたいと」

「うん。どうかな？」

ルシーダはテーブルの上に手を組み、笑みを……いや、笑みは浮かべているが笑っていない、少しふざけているが真面目な顔を見せた。

「――君を利用したい汚い大人の策略に、協力してくれないかな？」

…………

「勝手になさったら？」

と、私はここでようやく、ずっと気になっていた花の香りがする紅茶を口に入れた。おお、香りが鼻から抜け、体内に広がる……これはすごい。高い茶葉だろうな。

「私は劇団氷結薔薇の役者として呼ばれただけです。そこにどんな事情や利権、策略や裏があろうと、私は私の仕事をするだけ。

仕事以上を望むならどうするかはわかりませんが、仕事の範囲内なら、どうぞ好きなだけ利用してください。それも含めて依頼を受けたつもりですから」

――そして仕事が成功すれば、私の人気と知名度も上がり、今後また役者の仕事が舞い込む可能性があるわけだ。

特に今回は、いつものリストン領ではなく、王都での仕事である。私にとっては、こちらでの人気と知名度を上げる絶好のチャンスでもあるのだ。

そう考えれば、利用するのは私も同じ。

私も彼らの依頼を利用するのだから。

でもまあ、話の内容は憶えておくが。

要するに、主演女優シャロ・ホワイトと足並みを揃えろ、と。

そういう話である。

私が稽古に参加して、二週間が過ぎた。

劇団氷結薔薇(アイスローズ)公演「恋した女」の本番は、一週間後である。劇団員たちは稽古に小道具作りにと忙(いそが)しい。

私も、「母親に捨てられる子供サチューテ役」のセリフは、全部入って(はず)いる。

というか、素人の子供を起用するとあって、かなりセリフを削ったんだそうだ。私の出来を見て「これならもっとセリフを入れてもよかった」と脚本家が渋い顔をしていた。

「ニア。もう一回合わせよう」

二週間もほぼ付きっきりで過ごせば、嫌でも仲良くなる。

私や周囲とやや衝突の多かったシャロ・ホワイトも、気負いが落ち着いた。ようやく周りと足並みが揃い、全員と同じ方向を向いてきた。

まあ、リノキスは相変わらずシャロが好きではないようだが。

「ええ」

主演にして「子供を捨てる未亡人ナターシャ役」のシャロに声を掛けられ、本日三回目のセリフ合わせを行う。

本番さながらに腹から声を出すので、私もシャロももう汗だくである。

役者の仕事も大変だ。

「――お嬢様。時間です」

昼になり、最近は朝から昼まで追い出すリノキスが、稽古場に迎えに来た。

これから「ニア・リストンの職業訪問」の撮影があるのだ。だからいつもは夕方まで稽古するが、今日は午前中だけである。

ユリアン座長始め小道具係などの裏方は夜まで残るので、夜のモップ掛けは私の仕事ではないのだ。

「あ、行くの？　撮影だっけ？」

「ええ」

最初こそ意気込みが空回りしていたシャロだが、今はだいぶこなれてきている。緊張感はあるが、肩に力が入り過ぎているということもない。力の抜け具合がちょうどいい状態だと思う。

――シャロ・ホワイト。

大人っぽく見えるが、まだ十四歳になったばかりの少女である。

赤の混じった金髪は癖毛で左右に跳ね、身長は女性としては少し高い方だ。しかしまだまだ発展途中とばかりに、胸や尻の肉付きは薄い。

濃い青色の瞳にいつも強い意志の光を宿している、なかなかの美形である。まあ兄の美貌には到底敵わないが。

役者になるために田舎から単身王都へ……というか、アルトワール学院小学部を卒業してから、そのまま実家に帰らず劇団に所属し、今に至るそうだ。

ちょうど他の劇団から独立した「氷の双王子」が、とにかく人手が足りないからと劇団員を募集し、シャロはこの劇団に滑り込んだわけだ。

それから二年が経過した。

シャロは主演というチャンスを貰い、空回りする勢いでやる気に満ちていた。

そして相手の子役として、素人の私が選ばれ、お冠（かんむり）だったわけだ。

念願の大役を貰ったのに、いざやるとなったら足を引っ張りそうな素人が参加すると言われれば、それは腹も立つだろう。

まあ、彼女の事情に構っていられるわけでもないが。私は私の仕事をこなすだけだ。

「リノキス、例の話はしてくれた？」

「あ、それがありましたね。短時間なら問題ないって言ってましたよ」

ほう。それは僥倖（ぎょうこう）。

「――座長、例の話いけそうです」

「え、本当に⁉」

小道具関係で話し合っていた青髪の美男子が、走ってこちらにやってきた。

「本当に魔法映像（マジックビジョン）で宣伝できるのかい⁉」

その声は存外大きく、それぞれで稽古や作業をしていた劇団員たちも、聞き捨てならないと寄ってきた。

汗だくで歳もまちまちの大人たちに囲まれつつ、私は座長にだけ前もって知らせておいたことを話した。

「短時間なら魔法映像で宣伝できるようですよ」

魔法映像は宣伝効果がある。

今回であれば「いつどこで劇をやりますよ」という露骨な宣伝映像を流せることになる。

もちろん観客が増えるという保証もないが。しかし増える可能性は大いにある。

集客率が減らない――リスクがないなら、やっておいて損はない。間違いなく打っておくべき布石である。

反応は、極端に真っ二つだった。

「シャロ！　行ってこい！」

「えっ？」

「いや待て！　衣装を用意しろ！　メイクもだ！　見栄えのする格好に仕上げろ！」

「えっ、えっ？」

「その前にお風呂でしょ！　汗臭い！」

「いや臭くはないですけど！　……ないよね？」

うん。別に臭いはない。……そんなことを言ったら同じく汗まみれの私も気になる。私も大丈夫だよな？

まだ魔法映像の宣伝効果を知らない劇団員の反応はいまいち。

だが、ユリアン座長やルシーダ始め価値を知る者、「広く宣伝できる機会」として捉えている者は色めき立つ。

まあ、とにかくだ。

「シャロ。私の滞在しているホテルで一緒にお風呂に入りましょう。それから着替えて撮影に行くのがいいわ」

どの道私は、撮影の前に風呂に入るつもりだったので、シャロが一緒でも構わない。

私は風呂に入って撮影現場へ。

シャロは風呂に入ってから一旦稽古場に戻り、衣装とメイクで着飾ってから、番組宣伝の撮影へ。

……という流れで決まり、私たちは慌ただしく稽古場を後にするのだった。

「カット！」

最初のシーンの撮影が終わった。

くどい顔の現場監督の声を聞き、少し気が抜ける。

「いいよニアちゃん、今日も可愛いね！　この調子で行こうか！」

王都での撮影ということで、撮影班（さつえいはん）としては立場が一番高いらしいベンデリオがやってきていた。

結構久しぶりに会うのだが、やはり変わりなくくどい顔をしている。

――今日の「職業訪問」は、いつものリストン領ではなく王都ということもあり、王都で一番人気の高級レストラン「黒百合（くろゆり）の香り」でパスタ作りを体験することになる。

そう、ライム夫人やユリアン座長、氷結薔薇（アイスローズ）ルシーダと食事をした、あのレストランだ。

あの時点ではまだ訪問することは決まっていなかったはずだが、縁（えん）があったようだ。

人通りの多いメインストリートで行われている撮影だけに、少し野次馬（やじうま）に囲まれている。

リストン領でもある現象なのでこれは珍（めずら）しくない。きっとまだ撮影自体が珍しいのだろう。

次は店の中の撮影になるのだが、その前に。

舞台の番組宣伝の撮影をするなら、ここがいいだろう。

天気もいいし、メインストリート沿いである。カメラの位置を調整すれば、私とシャロと背景にはアルトワール城をも映せるはずだ。

実に王都らしい場所である。それに店内と劇はまったく関係ないしな。

あとは、稽古場に戻って衣装とメイクという戦装束（しょうぞく）を装備しに行ったシャロ待ちなのだが……まだ来ていないな。

だが、シャロの代わりにリノキスが寄ってきた。

「――お嬢様、ちょっといいですか？」

真剣な面持ちで声を潜める辺り、少し大事な話のようだ。

「どうしたの？」

リノキスに合わせるように、誰にも聞こえないよう小声で返すと、彼女は言った。

「シャロ・ホワイトがチンピラに絡まれています」

は……？

シャロがチンピラに絡まれている？

詳しく聞いてみたところ、私が最初のシーンを撮影している間に、リノキスは来るのが遅いシャロの様子を見に行ったそうだ。

その結果、人目のない路地裏で五人のチンピラに囲まれていた、と。そういうことらしい。

たぶんシャロは、近道しようとして人気のない路地裏を通ろうとしたのだろう。

「私はお嬢様の侍女兼護衛ですので」

だから助けに入ることはしなかった、と。

「それでいいと思うわ」

人には事情がある。リノキスは己の仕事に忠実に、シャロより私を優先した。それだけのことだ。

個人的な悪感情で判断したなら、どうかと思うかもしれない。

だが、この通りリノキスは私に伝えた。シャロが嫌いという理由で見捨てたなら、わざわざ誰に言うこともなかっただろう。

そして、私の指示を得てから動こうとしている。

「大急ぎで衛兵か民兵を呼んできて」

「わかりまし――え？　私が行くんですか？」

「未来の看板女優の一大事よ。早く行きなさい」

「え、でも、周りに人はいっぱいいるし、別に私じゃなくても」

「何をごちゃごちゃ言っているの！　早く！」

珍しく私が語気を荒げると、――すっとリノキスの瞼が半分閉じた。なんという疑心を隠そうともしない表情だろうか。

「お嬢様、行かないですよね？」

「………………え？　なんのこと？」

「お嬢様は、あの女を助けに行かないですよね？　よりによって単身で行こうなんて思ってませんよね？　体のいい殴ってもいい相手が現れたわぁわくわくするぅ、なんて考えてませんよね？」

「そんなわけないでしょう！」

ちょっと様子を見に行っててシャロが危ないと判断したら全員血祭りにあげてやろうと思っているだけだ！　わくわくなんて心外な！　その辺の雑魚やチンピラなんて殴って何が楽しい!?　楽しいのは強者相手の時だけ！　弱い相手なんてやり過ぎないよう気を遣うだけなんだし、せいぜい片手間レベルまで手を抜いて手加減して長く楽しむしかないのに！

「早く行きなさい！　早く！　早く！　急いで早く！　早く！」

「…………」

リノキスは疑心と疑惑をまるで隠そうともしない顔で、何度も振り返って私が動かないのを確認しながら、命令通り行ってしまった。

行ってしまった。

……行った、よな？

――よし急ごう！　やだすごいニアになってから初めて心底わくわくするぅ！

ベンデリオに少しだけこのまま待つよう伝え、私は撮影班や野次馬たちの輪からひっそりと離れた。

確かこっちの路地裏で見たと言っていたが……あ、いた！　まだいてくれた！　五人も！

「——何なのよ！　離して！」

「——いいからいいから。そんな格好で誘ってんだろ？　俺たちが遊んでやるからよ」

すばらしい！

衣装とメイクで女優に変身したシャロが、五人の男に囲まれていた。腕を掴まれて拘束され、身動きが取れないようだ。

うむ。

これはもう、これはもう……！

本人の意志を無視して拘束されているってことはもう誰がどう見てもたとえ一人二人の人死にが出ても誰もが正当防衛成立と判断してしまう状況じゃないか！　もうわくわくが止まらない！

欲を言うなら強者がいればよかったが。

五人とも、どう見ても、全員爪にヤスリを掛けるより気を遣わずに済む程度のチンピラどもである。

ナイフとか出さないかな？　出せばいいのにな。

贅沢は言わないから、せめて半分寝ぼけている時ならうっかり油断するとかすり傷を負わされるかも、という砂粒程度の緊張感は欲しいところだが。

「あ、あの」

私はどきどきする気持ちを隠しながら、彼らに近づいた。

「あぁ？」

男たちとシャロが振り返る。

「ま、交ざっても、いい？」

もし断られたらどうしよう――恐る恐る訊いてみる。

「ちょ、来ちゃダメだって！　誰か人呼んできて！」

シャロが、近づいてくるのが私だと気づくと、顔色を変えてそう言うが――

「おっと！」

チンピラ二人がやってきて、一人は私の退路を塞いだ。そしてもう一人は、私の腕を掴んだ。

「はーっはっはっ！　マヌケなガキのおかげで楽できそうだわ！」

「わかるよな？　いつまでもぐずぐずしてたら、あのガキの腕へし折るぞ」

おお、絵に描いたようなチンピラどもだ。

——なおのこと好都合と言わざるを得ない。

「ねえ」

「あ？」

私の腕を掴んでいるチンピラに、一応言っておく。

「これはもう私を巻き込んだということでいいのよね？　巻き込まれたんだから仕方なく相手をするということでいいのよね？　正当防衛よね？　それはそうともう少し強く握らないと——」

私は、掴まれていない方の手で、ゆるゆるの彼の手——親指を掴んで、思いっきり逆に曲げた。

「折られるわよ？」

強い抵抗感がある枝木のようなものが、圧力に耐えかねて、折れた。

「ぐああ——あがっ！」

痛みに悲鳴を上げかけた瞬間、彼の喉に私のつま先が入っていた。

ただの回し蹴りである。

それも五歳で、この前まで病気していて、前の人生の全盛期の百万分の一くらいの威力

もないただの蹴りである。

何せ子供で、筋力に不安はある。

だから腕よりは足の方がまだ威力が出る。まあ喉なんて急所でしかないし、逆に威力が出過ぎない方がいいか。——万が一殺しても正当防衛だし。そんなに気にすることもない。

「やっぱり、もう少し強い方が好みだわ」

かなり質が劣っているのは否めない。

これでは「氣」を練るまでもない。五歳児の身体であっても型通りの技だけで勝ててしまう。

だが、まあ、でも、その分は数で勘弁してあげようではないか。

良心の痛まない拳とは気持ちいいものだ。

それを振るえる相手が、あと四人もいるわけだ。

時間はないけど、機嫌がいいから死ぬほど手加減していっぱい楽しもうかな！

「——なんなんだよ！　このガキなんなんだよ！」

ゆっくりたっぷりじっくりいたぶって三人ほど転がしたら、シャロを拘束している最後の一人の心が折れたようだ。

シャロを乱暴に離すと、ガタガタ震える手でナイフを出して構える。恐怖に顔を引き攣らせながら。

……だから質で劣るチンピラは嫌なんだ。すぐ恐怖に飲まれて。

興覚めである。

「お、俺たちを、誰だと思ってやがる！　この紋章が見えねえのか！」

もう行っていい、と言おうとする直前に、奴は聞き捨てならないことを言った。

「マーク？　もしかしてマフィア？」

どうでもいいから見ていなかったが、転がした四人に視線を向けると……確かに同じような絵柄の紋章を付けている

だとしたら――だとしたら！

「仲間がいるの？　もちろん強い仲間がいるのよね？　数でもいいわ。百人くらいいる？　もっと？　――ああ潰す気はないわ、そこは安心して。だから、ね、もっと強い人をたくさん集めてほしいの」

「――だからおまえなんなんだよぉ！」

あれ？　余計怖がり出したな。おかしいな。

「落ち着いて。深呼吸しましょう。なんなら逃げてもいいわよ――転がした四人を起こし

て改めて聞くだけだから。

そうね……二週間後の夜、あなたたちに会いに行くわ。大歓迎をする準備をしておいて。いいわね？　約束よ？　約束したからね？」

それだけ言い、私は倒れているチンピラの一人から、服に縫い付けられている紋章を剥ぎ取った。

デザインは、犬、かな？

マフィアというよりは、チンピラのグループって感じだろうか。

まあ、彼らが有名なマフィアだかグループなのかはわからないが、これを見せて聞き込みをすれば、たまり場くらいはわかるだろう。

「いい？　約束よ？　破ったら怒るから」

すごく怖がっているので、もうまともに会話はできないだろう。

だったら長居する理由もない。

「では二週間後に。――シャロ、行きましょう」

そろそろリノキスが、衛兵や民兵を連れてきそうだし、その前に彼らを放流するとしよう。私はこれから撮影があるから離れられないし、呼んだ兵どもに彼らが逃げたことを証言しないといけない。

そして彼らは二週間後、遡河魚のように私の元へ戻ってくるわけだ。わらわらと。仲間を引き連れて。

――ああ、楽しみで仕方ない。まったく楽しみで仕方ない！

「で、あれはなんだったの？」

伊達(だて)に撮影班の責任者ではないベンデリオは、私が言うまでもなく、アルトワール城を背景に撮影を行う準備をして待っていた。

映(は)える光景に抜け目がない。久しぶりにあったが、やはりベンデリオは有能だ。

撮影班を、そして何より訪問する店側を待たせている状態だったので、まずは最優先でシャロとともに劇の宣伝用の撮影をした。

今度の劇団氷結薔薇(アイスローズ)の舞台(ぶたい)「恋した女」の主演女優シャロ・ホワイトと、捨てられる子供役の私で、しっかり日時と公演期間を告知した。

公演期間は一週間。

二日だけ昼夜やり、残りは夜だけだ。

これから稽古(けいこ)で一週間、本番である公演が一週間。

そして例の二週間後の血祭りが待っている、というのが私の王都でのスケジュールとなっている。

最後に一番おいしいものが待っているというこの日程、なかなか悪くない。きっと残りの日数を指折り数えるたびにわくわくが止まらず、気分も盛り上がっていくことだろう。

まあそれはともかく、宣伝告知である。

――よくよく考えると、無名の主演女優より「氷の双王子」か、劇団の名前にもなっている氷結薔薇ルシーダが来た方が宣伝効果は高かった気もするが。まあ誰もが色々と不慣れなので、こんなミスもある。

「シャロを助けに行っただけよ」

さっきの路地裏でのことを「なんだったの」と聞かれても、それ以外答えようもない。

「嘘でしょ？」

今度の舞台衣装でもあるシックな作りのタイトなドレスに、やや派手めのメイク。実年齢の十四歳より、かなり年上に見えるシャロははっきり言った。

嘘でしょ、と。

ちなみにささやかながら胸を盛っていることを私は知っている。

「すごく楽しそうにいたぶってたじゃない。私を助けに来たんじゃなくて、誰でもいいからいたぶりたかったんでしょ？　つかなんであんなに強いの？」

「心外だわ。シャロの一大事と聞いて我を忘れて駆け付けたのに」

「はいはいどーも。どう見ても私のことなんて二の次だったけど、一応お礼は言っておくわ」

心外な。

チンピラを殴るのもシャロを助けたいというのも、気持ちは同じくらいだったのに。

「……あ、ごめんなさい。これから撮影なの」

シャロの出番はこれで終わりだが、私は「黒百合の香り」で撮影がある。

私としても、主にリノキスに告げ口されないようシャロには口封じ的なことを言っておきたいのだが、もう時間がないようだ。

――ちなみにリノキスが連れてきた衛兵は、簡単な聴取を済ませて早々にお引き取り願った。ああいう時はリストン家の名前が効くから面倒がなくていい。

問題は、ずっとずっとリノキスが疑いの目で私を見ていることだが。撮影が終わったら絶対に追及されるだろう。憂鬱である。

まあ、彼女のことは後回しにするとして。

これからすぐに、レストラン「黒百合の香り」で職業体験をすることになる。

ただでさえ舞台の宣伝に手間と時間を取らせてしまったので、これ以上は皆を待たせられない。

「――ニアちゃん。ちょっといい？」

撮影班が機材などを店に運んでいる中、なぜかベンデリオがくどい顔でこちらにやってきた。

なんだろう。

こういう時の彼は、真っ先に訪問先の人に最後の打ち合わせをしにいくんだが。

「どうかした？」と問うより早く、彼は指をパチンと鳴らしてシャロを指さした。

「彼女いいね。どう？　今回は二人でやってみない？　その方が宣伝効果も高いんじゃない？」

「えっ」

シャロが驚いているが、私も驚いている。

「ニア・リストンの職業訪問」はもう何度も撮影をしてきたが、二人でやる、というのは初めてのケースだ。

「せっかくの王都での撮影だからね。こんな時くらいゲストがいるのも特別感があっていいと思うんだよね」

特別感ねぇ。

まあ、私は今までベンデリオ始め現場監督の言う通りにやってきたから、そう指示するなら受け入れて頑張るだけだが。

「ベンデリオ様がそう判断するなら、私は構いませんけど」

彼の仕事なら、悪いようにはしないだろうしな。

私の答えに満足したのか、ベンデリオはくどい顔をシャロに向けた。

「君はどうかな？　まあギャラはあんまり払えないけどね。

何かやらかしてもニアちゃんがフォローしてくれるし、気楽にやってみない？　せっかく着飾ってきてくれたんだし。それともカメラは嫌いかな？」

「え、えっと……」

シャロが困った顔で私を見るが、私には困る理由がわからない。

「迷う理由があるの？　ようやく主演を勝ち取った今度の舞台、どうしても成功させたいんでしょう？　だったらしっかり宣伝しなきゃ」

「……そう言われると断る理由がないわね」

こうして、急遽二人での職業訪問となり、撮影がスタートした。

無名の新人女優シャロと、王都で有名なレストラン「黒百合の香り」の中年男性コックと一緒に、打ち合わせ通りパスタを作った。

緊張しているシャロと、シャロ以上にすごく緊張しているコックに、作業をしながら話題を振り続けていると、段々と二人は落ち着いてきた。

パスタとソースの作り方、作る時の注意点、作る時の心構え、作る時に考えること、今までの料理の成功・失敗談、シャロの男の趣味、コックの女の趣味、初めて料理を作ってあげた異性の話、コックが恋人を募集していること、コックがこんな女性がいいと色々語り出したこと、コックが本気で恋人探しをしていることを猛烈アピールし始めたところで撮影は終了。

最後に、自分たちで作ったパスタを実食して、本日の撮影は終了した。

ちなみに今日の私の昼食はこれだったので、朝から何も食べていなかった。

食べる撮影は胃の調整が面倒だ。

「——ニアさん、今日はありがとうございました」

コックが言うには、前に王都の放送局から取材を受けた時、ガチガチに緊張して料理も発言も失敗し、結局魔法映像には流せないものになってしまったらしい。

前の失敗があったから余計に緊張していたわけだ。

「おかげで今度は上手くいきました。本当に、ありがとうございました！」

私と、恐らくベンデリオを筆頭に撮影班全員、きっと思っていることだろう。

――上手くいきすぎだ、と。

絶対にしゃべりすぎだろ、このおっさん。恋人を募集するな。

と、なんだかんだ問題もあったが、無事に撮影も終わり。

あとは、一週間後の舞台に備えるだけとなった。

「職業訪問」の撮影が終わると、それからはあっという間だった。

最初こそ無理に忙しいふりをして、シャロがチンピラに絡まれた例の件についてリノキスの追及を逃(のが)れるという荒業(あらわざ)を繰(く)り出したりもしたが、すぐに本当に忙しくなった。

兄に王都を案内してもらう、という時間もなかなか取れず、結局その機会もなく公演本番を迎えてしまいそうだ。

連日通し稽古が行われ、本番さながらに仕上がってきた役者たちと一緒に、私も毎日汗を掻(か)く。

私は素人(しろうと)であるし、役者志望でもないので、そこまで入れ込むこともなかったのだが――周囲にいる本気の役者たちに感化され、まあそれなりには仕上がったと思う。

駆け出しでさえない私が、一人前にできるようになった、なんておこがましいことを言うつもりはない。だからそれなりに仕上がった程度である。

ギリギリ見るに堪えられる及第点が取れたかな、くらいのものだ。

あと数日で本番ともなると、ユリアン座長を始め、ルシーダや劇団員たちの顔も引き締まってくる。実に気合いの入った顔である。

稽古場には常に、なかなかピリピリした緊張感が漂い始めていた。

――こうなってくると、私も気になってきた。

「ねえシャロ」

「ん？」

隣でほかの人の稽古風景を見ている、今回の主演シャロ。

皆気合いは入っているが、中でも掴んだチャンスに全力で食らいつこうとしているシャロ・ホワイトは、誰よりも気合いが入っている。

稽古が始まった当初は、何度か演出やセリフ回しでいろんな人と衝突していた。そんな情熱とやる気が空回りしていた頃もあったっけ。

「私のこと、殴ってもいいわよ」

「……ん？　何のこと？」

彼女の視線は動かず、劇団員の芝居を見ている。どうやら言っている意味さえわからなかったようだ。

「子供サチューテを捨てて男ワーカーに走るシーンで、食い下がる子供を振り払う時に平手で叩くでしょう？　あれ、本当に叩いてもいいわよ」

たかが女性の平手くらい、何発殴られても平気だ。

——素人たる私が、少しでも役者として貢献するためには、その辺のリアリティが必要なのではないかと、ずっと気になっていた。

少なくとも、殴ったふりよりは、より迫真に迫るのではないか、と。

「ああ、気持ちは私もわかるんだけどね。そういうのはダメなんだって」

「ダメって？」

「私も前に同じようなことを言ったんだけどね。殴ってもいいって。でも、芝居でやりすぎるとそっちが気になって客の芝居を観る視点が散るから、ブレるからって座長が言ってた。

芝居はあくまでも芝居、見せ物の範疇を越えたら安心して観てもらえないからダメ、……というのが方針みたい」

なるほど。

芝居だから何があっても安心して観てられるし、やりすぎればそれが気になって劇どころじゃない、か。

……言われてみれば、確かにそうか。

今回の舞台「恋した女」は、次代の看板女優シャロ・ホワイトを売り出すためのものだ。彼女が母親をやめて子供を捨てるシーンは、母親から恋に狂った女となる決定的なシーンである。劇の最大の見せ場とも言えるだろう。

確かにそんな見せ場で、本当に子役の私を殴ったら、彼女より殴られた私に視点が向いてしまうだろう。心配する視線とか向けられてしまうかもしれない。

題目通り「恋した女」が主人公である。

かなり大人向けの演目だけに、「殴られて捨てられたかわいそうな子供」が際立ってしまうと、心が痛む大人も多いだろう。劇中ただでさえひどい目に遭っているのに、その上さらに殴られたりしたら、それは注意も向けられるだろう。

そうなれば、芝居を純粋に楽しめなくなるかもしれない。

――しっかし本当にまだるっこしいな、演劇って。

こじれた人間関係を拳一つで解決するような、簡単で明快で愉快で爽快な話でもすればいいのに。

「本日はここまで！　居残りはなしだからな、早く帰って休め！」

今日も朝から稽古をしていて、早くも夕方となり、ユリアン座長の声で解散となった。

公演まであと二日。

稽古ができるのは明日までである。

ここ数日は、居残りはなしだ。体調を崩さないよう、またこのタイミングで怪我などしないよう、過ぎた稽古はさせないよう気を遣っているのだ。

「ニア」

「ダメよ」

「ちょっとだけ。お願い」

「ちょっとやったらどうしても熱が入るじゃない」

「そこをなんとか。そこをなんとかっ」

居残り禁止となったここ数日、シャロが私の借りているホテルに転がり込んできている。

どうしても稽古をしたいから付き合え、そして夜遅くなったから泊まる、と。そんな感じでなし崩しにただれた関係となってしまった。

いい迷惑である。

私が素人じゃなければ強く反発するのだが、足手まといとしては、主演女優に気持ちよく演じてもらう環境を提供するのも悪くない気もするが……

というかまあ、そもそもシャロがいても泊まってもそんなに気にならないので、私はどうでもいいのだが。

問題があるとすれば、最近私とシャロの距離が近くなったせいでリノキスの機嫌がすこぶる悪いことくらいだ。こっちの方が由々しき問題である。非常にやりづらい。

「ニアちゃん、ちょっといい？」

甘えた声を出す女優にがっちり捕まっていると、ユリアン座長がやってきた。

「遅くなってごめん。何枚かチケットを渡したいんだけど、呼びたい人とかいる？」

あ、そうだ。

「もし貰ったら回してくれと、家族や知り合いが言っていました。だから――」

えっと、まず両親。

兄ニール。兄の侍女リネットも、兄から離さない方がいいだろう。

あとベンデリオも、くどい顔でチケットが欲しいと言っていた。

リノキスは舞台袖に控えると言っていたから、彼女の分はいらないかな。

それと、父方の祖父も観たいとか言っているらしいが、それ以上の続報がない。来そうな気もするけど、来ない可能性も高いのではなかろうか。

――まあ祖父の分はいいか。私はまだ会ったことないし。

「五枚欲しいです」

「わかった。最終公演のチケットを五枚用意しておくよ」

ほう、最終公演か。

そういえば最終公演には撮影が入るとか聞いたが……まあ今はどうでもいいか。

学生の兄はともかく、両親とベンデリオはスケジュールの調整が必要になりそうだから、少し間が開いていた方がいいだろう。

最終公演なら、約一週間の猶予がある。調整は利くだろう。

「初日のチケットは全部売れたんですよね？」

シャロが嬉しそうに問うと、ユリアン座長も嬉しそうに頷いた。

「ああ、それも初日だけじゃない。問い合わせも多いし、この分なら昼の公演も大丈夫だろう。宣伝効果がしっかり出てるようだ」

――夜の公演は一週間連日。昼の公演は二回あり、これは前売りではなく当日チケットを発行するそうだ。

劇団員たちで、通りすがりの人に呼び込みの声掛けをして入ってもらうという、なかなか攻撃的な方法で人を集めるのだとか。

駆け出し劇団はよくやるそうなので、ここ劇団氷結薔薇もやるつもりなのだ。

「それとシャロ、ニアちゃんに迷惑を掛けちゃダメだろ」

「ですよね」

「うそ⁉　迷惑じゃないよね⁉　今日も一緒（いっしょ）に寝よ⁉」

「寝よって。迷惑なんですけど。帰ってくれません？」

シャロが部屋にいようがいまいが私はどうでもいいが、私よりリノキスが気にしている。最近彼女の機嫌が本当に悪いのだ。あれは困る。

なんて言ったものの、シャロはやはり私の借りている部屋まで乗り込んできて、稽古をせがんで、夜道は怖いからと言っていつも通り泊まり込むのだった。

そんなこんなで、本番が始まった。

シルヴァー家の朝食時には、いつも魔法映像（マジックビジョン）が映っている。

――「げ、劇団氷結薔薇（アイスローズ）、『恋した女』、よろしくお願いします！」

見るからに緊張（きんちょう）でガチガチの女優が、初々（うい うい）しさを感じさせる挙動で舞台の告知をしている。衣装（いしょう）や顔立ちは大人っぽいが、見た目よりは若そうな女優である。

――「劇場で待っています」

そして続いたのは、初めて魔晶（ましょう）板に映ってからどんどん映像の露出（ろしゅつ）が増えている、白い少女である。

緊張している女優と、至極落ち着いている小さな子供。

なかなかあからさまな対比が逆に目を引く。

ニア・リストン。

リストン領にある放送局から、彼女の名がついた番組が流れ出したのが、冬からである。

それから半年も経たない内に、今度は舞台に立つという。

「ふむ」

朝食の席でその映像を観ていたシルヴァー領領主ヴィクソン・シルヴァーは、ちょくちょく朝から映るニア・リストンに対し、今日も同じことを思う。

（元気そうだな。それに落ち着いたものだ）

五歳の子供ということが信じられないくらい、常に落ち着いている白い少女。

初めて見た時は、病み上がりということで顔色も悪くひどく痩せていて心配したが、最近はちゃんと肉が付き、普通の子供に見えるようになった。

――態度や言動は、まったく子供らしくないが。

己の末娘と同い年だというのが信じられないくらい、落ち着いていて平常心を失わない。

様々な職業を訪ねて体験するという企画で、いろんな姿を見せているが、焦ったり慌てたりする姿だけは見たことがない。

「女優の方はいいけど、ニアちゃん今日もダサいわねぇ……」

毎回のように同じことを言うのは、今年二十七歳になる、服飾関係の会社を経営している長女である。

不快なのかもどかしいのか、顔をしかめるのも毎回のことだ。

なお、結婚の予定はない。

「ぐふっ、ぐふふ……ニアちゃ～ん舞台行くよぉ～ぐふふふふ……」

絵描きである二十歳の次女は、白い少女のファンである。

ただしニタニタしてぐふぐふ嗤い彼女をなめるように見るその姿は、犯罪者にしか見えない。

父親として悲しいが、やはり毎日思う。結婚は遠そうだ、と。

――三女はアルトワール学院高等部の寮に入っているので、ここにはいない。

そして、白い少女と同い年の末娘は。

「…………」

いつも通り不機嫌そうに、しかし、しっかりと魔晶板に映る映像を観ていた。

――ニア・リストンをライバル視し始めたのはいつからだったか。

顔ははっきりと不機嫌なのに、だが彼女の姿を遠ざけようとはしない。

普段から感情がはっきり表に出る直情的な末娘レリアレッドが、初めて内に何かを溜めるような様子を見せている。

好きとは言い難い。

しかし気にはなるのだろう。

そんなレリアレッドの心境を汲み取り、ヴィクソンは言った。

「レリア。舞台、観に行くか？」

シルヴァー家から王都までは、半日も掛からない。

夜、飛行船に乗って一晩寝れば、朝にはもう王都に着いているのだ。

公演は一週間続くとのことなので、仕事のスケジュールを調整すれば、一日くらいは捻出できるだろう。

そもそもヴィクソンは熱心な領主でもない。一日でも早く家督を譲りたいし、隙あらばサボりたいのだ。

「リクルは行くそうだ。一緒にどうだ？」

リクルビタァ——次女は「ぐふ？」とニチャッとした笑みを浮かべて父親と、そしてレリアレッドを見る。「そんな顔で見るな」と反射的に言いそうになってしまったが、父はぐっと堪える。

「お姉さま。その顔でこっち見ないで」

レリアレッドは堪えなかったようだ。

「――行きません。なんで私がわざわざ自分からニア・リストンに会いに行かないといけないの。冗談（じょうだん）じゃないわ。向こうから来るべきよ」

「ぐふふ。父上は『舞台を観に行くか？』と聞いただけで、別にニアちゃ～んを観に行くかとは聞いてなごめんごめんフォーク投げようとしないで危ない危ない！」

結局、レリアレッドは舞台を観に行かなかった。

――しかし、後日放送される最終公演の映像を観て、自分も「観る側」ではなく「出る側」へ行くことを決めるのだった。

シルヴァー家で姦（かしま）しい朝食が繰り広げられている同時刻。

――「げ、劇団氷結薔薇（アイスローズ）、『恋した女』、よろしくお願いします！」

――「劇場で待っています」

魔法映像（マジックビジョン）には、見たこともない無名の主演女優と、もはやリストン領の顔となりつつある主演女優の子供役ニア・リストンが並び、映像の中で挨拶（あいさつ）をしていた。

　その映像を観ていた彼女は、小さく呟(つぶや)いた。

「……来ましたわね」

　豪奢(ごうしゃ)な部屋の主は、一人で朝食を取っていた。

　傍(そば)には侍女が数名控えているが、まるで飾(かざ)りのように微動(びどう)だにしない。

「お兄様に伝言を。昼食時に会いに行くと伝えてください」

「かしこまりました」

「今日の予定は、病院の慰問(いもん)でしたわね？」

「はい。学院が終わり次第(しだい)行く予定となっています」

「わかりました」

　舞台の告知のあと、レストランでパスタを作るというニア・リストンの姿に後(うし)ろ髪(がみ)を引かれるが、彼女は早々に食事を済ませて立ち上がった。

　――アルトワール王国第三王女ヒルデトーラ。今年で七歳。

「意外と会えるお姫様(ひめさま)」――そんなキャッチフレーズが生まれている彼女は魔法映像(マジックビジョン)に出演することで人気を得て、今や王都では知らぬ者がいないほどの知名度を誇(ほこ)っている。

　彼女は待っていた。

　自分と同じように台頭してくる、同年代の少女を。

――それがようやくやってきたことを確信した。

リストン家は、ニアを売り出し始めたことがはっきりした。その証拠が王都への進出、王都での活動と撮影である。

このまま何事もなく育てば、数年のうちに顔を合わせることになるだろう。

その時が楽しみだ、とヒルデトーラは心の奥底に闘志を燃やすのだった。

アルトワール王都にある、広大な倉庫街。

北、南、西側は比較的平和な、あるいは通常通り倉庫として使用されているが。

東側は、裏社会に生きる者の巣窟となっている。奥へ行けば行くほど荒れていて、悪党どもの潜伏先だったり、闇闘技場があったり、違法カジノがあったりと。

スラムの存在しない平和で豊かなアルトワール王国における、数少ない暗部である。

その東側の奥。今や誰の物かもわからない、古い倉庫の一つに、彼らの拠点があった。

元は倉庫だけにだだっ広い一間は常に薄暗く、いくつものテーブルや椅子が乱雑に置かれている。酒と煙草の匂いが染みつき、ここのコミュニティに関わって生きている男や女が賑やかに過ごしていた。

そんな荒んだ倉庫の一角にあるスペースは、この倉庫の支配者の特等席だ。

高級ソファーに座り、両脇に露出の激しい女を侍らせた男。

金色のアクセサリーを好み、好み過ぎて上から下まで金色を身にまとった下品な男だ。

胸元がざっくり開いたシャツを着ており、正直男の目からは見苦しい。

そしてその周囲には、金色の男が信頼する部下たちが四名ほど。女の顔は違うが、それ以外はいつもの顔ぶれだ。

「ボス、お呼びで？」

そんな「堅気に見えない危険そうな連中」の前に、黒スーツの男がやってきた。

名前はアンゼル。職業はボディガード。

細身で上背も高いわけではないが、腕っぷしは確かな男だ。マフィアの護衛を務めるくらいには。

「おう、アンゼル」

何の話をしていたのかゲラゲラ笑っていた金色の男……アンゼルの雇い主ネヒルガが、ご機嫌な様子で己の護衛に視線を定める。酒が入っているようで若干揺れているが。

「まあ座れや」

「いえ結構。俺はただの護衛なんで」

ボス直々の誘いだが、アンゼルは即座に断った。

「相変わらず固ぇな、おまえは」

いつものことなので、今更誰も何も言わない。

「すいませんね。俺の数少ないこだわりなんで」

雇い主に入れ込み過ぎない、請け負った仕事は必ずやり遂げる。

この二つがアンゼルの鉄則である。

裏社会のクズどもの中で生き抜くため、自分に課したルールである。このルールがあるから信頼され、仕事を任されるのだ。

信用できない者には誰も仕事を頼まない。そういうことだ。

「まあいい。そんなおまえに頼みがあるんだがな。もちろん報酬は弾む」

「はあ、なんでしょ？」

「俺の子飼いの……あ、なんだっけ？　ああそうだ。『ジグザグドッグ』だ。そこのガキどもがおもしれぇネタを持ってきやがってよ」

「詳細は結構ですよ。知ったところで俺には関係ないんで。それより頼みたいことってなんですかね？」

「相変わらずつまんねぇ野郎だな。楽しい儲け話くらい気持ちよく話させろよ」

そんなの知ったことではない、というのがアンゼルの正直な感想だ。

「じゃあ結論だけ言うぞ。ここらのガキどものチーム、全部潰してこい。あ、殺しはなしだぜ」

「へえ？」

結構な命令である。不可解かつ真意が掴めない。

裏社会に憧れるガキどもなんて、ずぶずぶの方からすれば、後腐れなく利用できる便利な捨て駒に過ぎないのに。

それを潰す理由は何なのか？

――まあ、アンゼルにはどうでもいいことなので、聞かないが。

「やるとなると相手が多いですね。その分報酬に反映してくれます？」

悪ガキどものチームは大小含めて二十くらい。それらに属する者となれば、百人は超えているはずだ。一日二日で終わる仕事ではない。

「それはいいが、もう一つある」

「もう一つ？」

「――ニア・リストンを拉致ってこい。知ってるよな？　ニア・リストン」

来た。

呼び出される直前、アンゼルは軽く前情報を耳に入れていた。

曰く、ニア・リストンという子供がガキどもと揉めた件にネヒルガが興味を持っている、と。ついさっきまで同僚だった女に聞いた。

実際この件に自分が関わるかどうかは怪しいところだったが、今はっきり個人名付きの具体的な指示が来た。先のチーム潰しもニア・リストンに関係しているに違いない。

「ええ、まあ。たまにニュースペーパーでも出てくる名前ですからね。有名な第四階級貴人のお嬢さんだ。……あのガキを誘拐する、と？　さすがにそっちは遠慮させてくれませんかね」

「あ？」

「俺はあくまでも護衛なんで。ガキどもの掃除はボスの身辺警護の一環としてやりますけどね。でもガキの誘拐は護衛と関係ないでしょ」

そして本音を言うなら、貴人にケンカを売るのは気が進まないのだ。

いくら時代に伴い身分の垣根が低くなり、今や貴人も平民もあまり変わらなくなってきたが。

そうであっても、それでも超えてはならない一線がある。

貴人の子を誘拐なんてしたら、アルトワールの軍部が動きそうだ。そうなれば命はない。

それどころか東側倉庫街だって丸ごと潰されるだろう。

「チッ、わかったよ。じゃあそのガキもボコっちまえ。さらうのはこっちでやるからよ。それならいいだろ?」

「そうですね。じゃあそんな感じでやっときます」

こうして、アンゼルは動き出す。

標的は悪ガキどもと、ニア・リストンだ。

――「気安く声を掛けないで。たとえあの人は死んでも、私は永遠にあの人のものなのだから」

そんな未亡人ナターシャの第一声から始まる劇団氷結薔薇による舞台「恋した女」は、実に九回に及ぶ公演を行った。

衣装や小道具破損などの不意のアクシデント、役者の小さな失敗、舞台装置や照明のミスなどが少々あったものの、概ね成功と言えそうだ。

魔法映像による宣伝効果のおかげか、私の人気がどうにかこうにか作用したのか、連日客入りも上々だった。

ユリアン座長とルシーダの目論見通り、無名女優のお披露目はできただろう。

予想外だったのは、大人向けの演目だったにも拘わらず、私と同年代くらいの年端もいかない子供の客が多かったことだろうか。

兄と、兄の友人知人くらいは来てくれるとは思っていたが、予想を上回る数が来ていた。

子供が観るには内容がキツいと思うのだが……子供おもいっきり母親に捨てられるし。なんというか、教育上よろしくない演目でしかないのだが。親もどんな気持ちで子連れで観に来たんだか。子供の教育によくないだろう。

まあ、とにかく。

最後の公演を終え、カーテンコールに応えて挨拶し、地面をえぐる大雨のような拍手を全身に浴びて、無事に全興行を終えることができた。

――素人の私としては、舞台をぶち壊すほどの失敗をしなかったことに、ほっとするばかりだ。

この光景は、役者冥利に尽きるものなのかもしれない。

だが私にとっては、「リストン家の娘」として過不足なく仕事を完遂したことを意味する。

舞台の幕が下りたことに安堵する。

せいぜい次の仕事に繋がってくれるといいのだが。

「ニアちゃん。お客さんだ」

ん？

楽屋で喜びを分かち合ったり汗を拭いたり号泣する主演女優を邪険に扱ったりメイクを

落とすのや着替えの邪魔をする主演女優を遠ざけたりとにかく主演女優が面倒臭いことになっているその時、ルシーダに呼ばれて振り返ると。

「ニア！」

最終公演に来てくれた両親と兄と兄の侍女、ベンデリオ、そして知らない老紳士が顔を見せた。

老紳士は恐らく父方の祖父だろう。チケットは送らなかったけど来てくれたようだ。

劇団氷結薔薇は、実力と知名度はともかく、まだまだ駆け出しの小劇団である。更衣室こそ男女別で二部屋取っているが、楽屋は大部屋でメイクする場も兼ねている。それでも狭いが。

窮屈そうな楽屋を見て家族たちも察したようだ。すぐに「レストランで待っている」と言い残して引き上げていった。

どこのレストランかは、私が出てくるのをその辺で待っているだろうリノキスが聞いているはずだ。

両親も兄も祖父も待たせてしまうのは本意ではないので、急いで着替えた方がよさそうだ。

「今の、ニアの家族？」

「ええ。――着替えるから離れてくれる？」

というかシャロも着替えればいいのに。

子供はここでお別れだが、大人は打ち上げやるんでしょ？　辛い酒とか甘い酒とか強い酒とか呑むんでしょ？　こっちは家族とレストランで食事だ。悔しいとっとと早く行け。

そして酒を呑んで二日酔いでもなれ。

「家族かぁ。学院小学部卒業から里帰りもしてないし、二、三年は会ってないなぁ」

「たまには里帰りしたら？　――あと離れててもらえます？」

「いやあ……うちは農家だから、里帰りしたらもうこっちに戻ってこれない気がしてね。どうせ帰ったところで農業の手伝いさせられるだけだし、そのうち適当な男と結婚させられて一生農業やってる未来しかなかったと思うんだ。

それが嫌で嫌で家に帰らず、ずっと興味があった演劇の世界に飛び込んだの。

……里帰りはしてみたいけど、まだ役者だけで生活できてないからなぁ。里帰りはまだできないかな」

「へえそうなの。離れてもらえます？」

人には事情があるので、一概に「帰れ」とも「帰るな」とも、言うつもりはない。

ただ、後から大きく悔いるようなことがないよう祈るばかりだ。あと本当に早く離れてほしいのだが。

「シャロ、今日のこれからの予定だけど——」

なかなか離れてくれない、正直鬱陶(うっとう)しい主演女優の気を引くルシーダに感謝して、素早(すばや)く着替えを済ませた。

さてと。

「それでは皆(みな)さん、私は失礼します」

ルシーダやシャロほか、ほかの女性の役者に挨拶する。

なんだかんだで、シャロ以外にも親しくなった劇団員は多い。約一ヵ月、毎日のように顔を合わせ、ともに濃(こ)い時間を過ごしてきたのだ。親しくならない方がおかしい。

次の依頼(いらい)がなければ、これでお別れになるだろう人たちである。

名残惜(なごりお)しい気持ちもあるが、人生は出会いと別れの繰り返しだ。どうせ避(さ)けられない別れだし、湿(しめ)っぽいのは苦手なので、さっさと去ることにしよう。

一応ユリアン座長にも声は掛けるつもりだが、楽屋にいないな。あの人、今までの公演で客の見送りとかもやっていたから。

「あ、ニアちゃん——おまえは待て」

なぜか私に突撃(とつげき)しようとするシャロの襟首(えりくび)を掴み、ルシーダが言った。

「ユリアンからの伝言で、『今晩は後片付けで忙しいから会えないと思う。明日の朝ホテルに会いに行くから』だって。私も同行するからね」

ああそう。じゃあもう帰るだけだな。

「それではまた明日」

役者たちに見送られ、私は楽屋を後にした。

関係者用出入り口付近で待っていたリノキスと合流し、家族の待つレストランへと向かうのだった。

――ちょうどこの時、ユリアン座長は貴賓席の第三王女ヒルデトーラと会っていて、私に挨拶したいと所望されているのだが、それを知るのは翌日のことである。

「最後の舞台が一番よかったですよ」

「言い方は悪いけど、八回も本番さながらのリハーサルをやったからね」

九公演の内、八公演はリハーサル。

何度も舞台に立ち、色々と慣れてくれれば、当然完成度は最後の一回がもっとも高くなるだろう。

そして最終日は、魔法映像の撮影が入る予定となっていた。舞台中は集中していたので、カメラがあったかどうかはわからなかったが。

まあ、撮影しない理由はないので、きっとしたのだろう。

「これであの女ともお別れですね。いやあ、そろそろ衝動的に殺ってしまいそうでしたよ」

「言うのもやるのもやめなさいよ」

「仕方ないですよ――あの女、夜は遠慮なくお嬢様とイチャイチャするくせに、昼はお嬢様を捨てるんですよ？　もうなんというか………手が出ても許されると思いません？」

「許されないわよ」

夜はともかく、昼は舞台と稽古で捨てるって意味じゃないか　それを言うなら向こうは捨てる役で私は捨てられる役だったんだし。仕方ないだろう。

王都の夜はにぎやかだ。

街灯も明るく、道行く人も少なくない。

そんな夜道をレストランに向かいながら、私とリノキスはそんな話をしたのだった。

公演が終わった。

つまり――これで約束したあの日から、二週間が経過したことになる。

無事、仕事は終わった。

これでなんの憂いも遠慮も我慢もなく、約束の日を迎え入れることができる。

今回の王都の滞在、本当のお楽しみはこれからだ。

「いや私もまだ呑めないから」

子供である私は家族と食事に、大人は無事公演が済んで打ち上げに行った。

はずだが。

家族と食事を済ませてホテルに戻れば、ロビーで待ち構えていたシャロに捕まった。

まだ十四歳である彼女は法的に酒が呑めないので、打ち上げ会場で食事だけ済ませてきたそうだ。

「なぜここに来るの？」

それが謎で謎で仕方ない。

もう台本を読む理由もないのに。家に帰れよ、家に。

「まあまあ、いいからいいから」

いや、私はいいんだけどね。いてもいなくても。

「…………」

でもリノキスがね。静かに殺気を放ち出してるというかね。……シャロはそれに気づいているのかいないのか。役者の心は読みづらい。

——まあ、どっちでもいい私は、拒む理由も特にないが。

どうせ今日が最後なので、静かに怒りを滾らせるリノキスには我慢してもらうとして。

部屋にある風呂に入ってさっぱりし、髪を乾かしたり化粧水を付けたりして寝る準備をしている私に、

「ちょっと聞きたいことがあって」

すでに下着姿でベッドインしているシャロが言った。

ちなみにリノキスはもう下がらせてある。

更にちなみに、劇団員全員で大衆浴場に行ってから打ち上げ会場に駆け込んだとか。明らかに倒れるまで酒を呑むコースである。羨ましい。けしからん。羨ましい。

「私の強さの秘密？　肉よ。肉を食べれば強くなれるのよ」

「いや聞いてない。そもそも肉だけで解決できないところも多いよね」

まあ、そうかな。

肉を食べるだけで強くなれるなら苦労しないか。そもそも肉を食わなくても私は強いし。

「でも当たらずとも遠からずかな。

ほら、二週間前に私が男たちに絡まれてた時、二週間後にどうこうって言ってたでしょ？

あれどうなったのかなって思って」

ああ、そういえば。二週間前にちょっと遊んでやったチンピラたちと次の約束をした時、

その場にシャロもいたか。すっかり忘れていた。

あの時は、ニアになって初めての対人戦にわくわくしていたから仕方ないし、あれ以降あの件に関してシャロが触れることはなかった話題だった。

――私だけ、指折り残り日数を数えて楽しみにしていただけだから。

「どうもこうも、ただの冗談じゃない」

「嘘でしょ。絶対やるでしょ」

お察しの通りやるけど。だって楽しみにしていたんだから。

「あれからできる限り一緒にいたけど、あいつらの溜まり場に出かけた様子はないしさ。だからこれからでしょ？」

「もしかして私を監視していたの？　だからホテルまで泊まりに来ていたの？」

だとすれば、やはりシャロは役者である。

私を見張っているような素振りは一切なかったから、監視されているなんて考えもしなかった。

「それもある、って感じ。私のアパートお風呂ないからさ。すごく助かってた」

私の監視か、風呂が目的か。

どっちの比重が高いかはわからないが、それもまた些細なことである。

「行くんでしょ？」

「行かないわね」

「じゃあリノキスに言いつけていいよね？」

「――行く。すごく楽しみにしてたの。絶対に行く。止めたら許さない」

それを言われたら、隠せるわけがない。

リノキスに言いつけられるのは困る。そして彼女の口から両親に報告されたりしたら、非常に困る。

「ねえ、危険なことはやめない？　ニアが強いのはもう知ってるけど、自分から危険に飛び込むのはあんまり賢くないと思うよ」

うむ。同感だ。

「武に生きるものは九割が愚か者よ。何年も何年も、それこそ生涯を懸けるほど鍛えたって、刃物一本、ちっぽけな生き物の毒でさえあっけなく死んでしまう。

もちろん事故や病気でも死ぬわ。

長い年月をかけて積み重ねてきたことが、一瞬で無駄になることもある。

わかる？　どれだけ強くなろうと弱い部分を消すことができないのに、それでもなお強さを求めるような生き方。

まったく賢くないでしょ？　だからそもそもが賢い選択なんて似合わない存在なのよ」

私の場合は、特にだ。

何せ、自然と「死んで生き返ってもまだまだ武に生きたい」と考えているくらいだ。

きっと前の私がそうだったのだろう。その生き方しか知らないのだ。

賢い生き方なんて最初から目に入らない。

愚かな生き方しか考えられない。

「……だよねぇ」

シャロはしみじみ頷いた。

「武とかどうとかはさっぱりだけど、賢い選択ができないってのはすごくよくわかるわ。賢く生きるための選択って話なら、私だって将来が見えない役者なんてやってない。それこそとっとと実家に帰って農業やってれば、安定して暮らせるだろうしね」

ならばわかるだろう。

「私は行くわ。必要なことだから」

「――じゃあ私も連れて行って」

ん？

「シャロも一緒に？」

「だってニア、負けないでしょ？　負ける気もないでしょ？　だったら私が一緒でもいいよね？」

……ふむ。

知ってしまった以上、シャロは私を放置はできない。何しろ五歳の女児だし、普通は止めるだろう。

でも強いて止めることもしたくない。というより、私が聞き入れないことをわかっているのかもしれない。

お互い賢くない生き方を選んだ者として、なんとなくわかるのだろう。

「足手まといになりそうだから現場には連れて行けないけれど、遠くから様子を見ることは許すわ。それ以上の妥協点はないから」

要するに、本当にもしもの時は割り込んででも止めたいってことだろう。

ならば現地ではなく、少し離れたところで待機してもらい、まずいと思ったら衛兵でも民兵でも呼べばいい。それができる位置にいてもらえばいい。

そんな状況は訪れないだろうが。

「わかった。それでいいよ」

翌日。

「ニアちゃん、尽力ありがとう。公演は大成功だったよ」

「おかげでシャロのお披露目もできた。感謝する」

朝早くに、劇団氷結薔薇の座長ユリアンと、彼の双子の妹であるルシーダがホテルの部屋を訪ねてきた。

昨日ここに泊まった主演女優が部屋にいたのを見て、なんでシャロがいるんだろう的な顔をしていたが。双子だけに怪訝な顔がそっくりだった。

「これで依頼は完了だ。君は不足なく仕事をこなしてくれた」

ユリアン座長より、仕事の終了を告げられた。

依頼料やらなんやらの交渉は両親がしているので、どれくらいの金が入ったのかはわからない。リストン家の財政にどれほどのプラスになったかはわからないが、まあ、マイナスということはないだろう。ホテルの滞在費もライム夫人持ちのはずだし。

というかこのホテル、ライム夫人の夫である第三階級貴人ジョレス・ライムの持ち物だって話だし。確か城勤めの高官なんだよな。

「こちらこそお世話になりました。また何かありましたらお声を掛けてください」

次の仕事に繋がってくれるといいのだが。

さて。

最後の挨拶を終えたユリアン座長とルシーダ、そしてシャロが部屋から出ていくと、リノキスと二人きりになった。

「あの女がもう来ないと思うと清々しますね！」

リノキスが晴れやかな顔でニコニコのびのびしている。久しぶりに見る穏やかな顔である。最近険しかったから。いつもそうあってほしい。

だが、のんびりはしていられない。

「おじい様との約束は？　もうすぐじゃない？」

「あ、そうでしたね」

今日は仕事はない。昨夜会った父方の祖父と一緒に、王都を観光する約束があるだけだ。

昼からは兄ニールも合流する予定となっている。

両親は王都で少し仕事をして、すぐにリストン領に帰るそうで、こちらで会う予定はない。相変わらず忙しいことである。

そして私も明日、祖父と一緒にリストン領に帰る予定となっている。

なので、最後のお楽しみは今夜である。

彼らは私を歓迎する準備をしているだろうか。

あ、今の内に宣言しにいこうかな。「今夜行くから」って。

よーし！　そうと決まれば一旦リノキスを撒いて、紋章を手掛かりに彼らを捜すか！

一山いくらの雑魚でも、百人もいれば一晩はじっくり楽しめるだろう。

おいおい、今夜は眠れない夜になっちゃうか⁉　楽しみだなぁ！


「あ、ごめんなさい。忘れ物があるからここで待っていて」

これから祖父と合流し、王都観光である。

「忘れ物ですか？」

リノキスと一緒に祖父の泊まっているホテルに行く前。ホテルのロビーまで下りてきた。動くべきタイミングとしてはこの辺だろう。

そう、私にはやらなければならないことがある。

彼らとの約束の確認だ。

だがその前に、まずはリノキスと別れて単独行動を取らねばならない。全ては彼女の目の届かない場所で速やかに行われるのだ。

「何を忘れたんですか？」

え、中身聞く？

「……えっと、サイフ？」

リノキスからは「わかりました待っています」以外の答えを予想していなかった私は、とりあえず持っていなくて出掛ける際には必要な物を上げてみたが。

「お嬢様は元々サイフなんて持ってないじゃないですか。私が持っているんですから」

そうだった。

私の金の管理はリノキス任せだった。

というか、そもそも私が金を使う機会なんて、「職業訪問」で行った先で小さな記念品や土産物を買うくらいしかない。

お小遣いは貰っているが、果たしてサイフにいくら入っているかさえ知らない。全然把握していない。

これほどサイフに程遠い私が、サイフを気にすることの不自然さったらないだろう。我ながらそう思う。

「じゃあえっと……ハンカチ？」

「それも私が持っていますけど」

そうだった。

そもそも私は出かける際、何かを持っていたことがない。全部リノキス任せだから。先日まで身体さえも車椅子に預けていたくらいだ。

まずい。何も出てこない。

「……お嬢様。何か企んでますか？」

縁のないサイフやハンカチを気にしたり、次の言葉が出てこないせいで、リノキスの顔に疑惑の色が滲み出てきている。

このままでは何を言っても、リノキスが私から離れなくなってしまいそうだ。

――ええい仕方ない。ベタすぎて逆に避けた理由でいくか。

「察しなさいよ。トイレよ」

「ああ、そうですか。ではお供します」

「だから嫌だったの。トイレくらい一人で行かせてよ」

「……え？　反抗期ですか？」

いや、やましいことがあるだけだ。……でもまあいいか。反抗期ということにしておこうかな。

「そうよ！　反抗期よ！　反抗したい年頃なのよ！」

堂々と言い放ってやったが、彼女はとても白々しいものを見る目で私を見下ろす。

「――わざとらしいですね」

リノキス……この女、今私を手のひらで転がしたな。弄んだな。

「だいたい反抗期って自分で言うものではないと思いますよ。反抗期であることにさえも反発するというか。理由なき反骨精神のようなものですから」

……確かに言われてみれば、自称反抗期というのは心底嘘臭い。

というか、疑惑が晴れていないだけか。色々な意味で。

「とにかくちょっと行ってくるわ。恥ずかしいからトイレくらい一人で行かせて」

「わかりました。――遅かったら迎えに行きますからね」

チッ、釘を刺すか……だがこれ以上の妥協は望めないだろう。

仕方ない。急ぐか。

ロビーにある共用トイレに入り、窓から外へ脱出した。

そこそこの高さにあった換気用の小さな窓だが、子供の身体だから問題ない。壁を駆け上って窓に飛びつき、身体をねじってするりと通り抜ける。

そこそこの高さから地面に飛び下り、――すぐに走り出す。

とにかく時間がない。リノキスが様子を見に来る前に終わらせて、また戻らねばならない。

まずは、シャロが絡まれていた、そもそもの始まりの場所に行ってみることにする。

人目を避ける路地裏で、薄暗くて、目立たない。多少のいざこざが起こる程度ならちょうどいい、静かで暗い場所だが――今は誰もいない。午前中だからだろうか。早朝とは言えない時間だが、不良や裏の住人が動き出す時間は夜だからな。

気が急く。

今の私には、第一級魔獣よりリノキスの方が厄介である。

こうなれば手当たり次第に路地裏を走って、チンピラっぽい奴を探してみよう。

そう考えて走り回り――すぐにそれらしい三人組を見付けた。

時間がない、手っ取り早くいこう。

「ちょっといいかしら？」

「あ？」

路地裏をだらだら歩いていた三人組の男たちが振り返る。――うーん、見るからに弱そうだな。でも情報源としては充分だ。

「――『紋章』について教えてもらえない？　ちなみに時間がないから、ぐずぐずするなら手荒になるわよ。ハキハキ答えなさい」

と、あの日チンピラから奪った紋章を見せる。

「はあ？」

「なんだこのガキ」

「おい待て。俺こいつ見たこと――あっえっ⁉」

ぐずぐずしている時間はない。

特に、私を知っていそうだった左の男の腹に蹴りを見舞い、そのまま腹を踏台にして顔面に膝蹴りを叩き込んでおく。そういう身内での情報交換のぐずぐずはあとで私抜きでゆっくりやれ。

「な、なんだてめっ――ぐあ⁉」

着地すると同時に、反応が遅い真ん中の男の片足を払うと同時に身体を押して地面に転がし――

「ぐっ⁉」

反応が遅すぎる右の男には、あばらの下から内臓をえぐるような貫手を叩き込むと、膝から崩れるようにして倒れた。痛みのあまり言葉も出せず悶絶しているのだろう。

「なにしやが――うお⁉」

地面に転がした真ん中の男が立ち上がろうとする前に、目の前に紋章を突きつける。

「知っている？　知らない？　お友達はもう寝ているけど、あなたも寝たい？　楽に寝かせる気はないけど」

「お、おまえなんなんだよ⁉　俺たちを誰だと思ってやがる⁉」

「知らないし興味もない。早く情報を寄越さないと手と足の骨を貰うわ——脅しじゃないわよ？」

「…………」

私の様子から本気を嗅ぎ取ったのだろう男は、顔を引きつらせてごくりと喉を鳴らした。

——こうして知りたかった情報と、「今夜行くからね」という彼らへの伝言を頼み、大急ぎでホテルに戻るのだった。

結果は——ギリギリだった。

危なかった。

トイレから出たところでリノキスと鉢合わせたので、本当に危ないところだった。

それからは予定通りである。

祖父と合流し、王都を観光する。

特筆するようなことはなかったが、一つだけ祖父から気になる話を聞いた。

昨日、ここアルトワール王国の第三王女ヒルデトーラが「恋した女」最終公演を観に来ており、私に挨拶したがっていたらしい、とライム夫人から聞いたそうだ。

私はまだ王女を見たことがないが、彼女は魔法映像に出ている人気者らしい。

王女はまだ七歳の女の子だそうだ。

魔法映像では、子供の出演者は珍しいと聞いていたが……彼女の場合は「子供の出演者」ではなく「王族の公務」と見なされているらしい。まあ要するに子供ではなく王族扱いに分類されているわけだ。

なぜ王女が私に興味を持つのかはわからないが……別に会う理由はないだろう。仕事に繋がるなら会ってもいいかもしれないが。

午後からは兄ニールと兄専属侍女リネットも合流し、飛行船の造船所を見物したり、王都の放送局の中を見せてもらったりした。

最後に夕食を食べて別れ、ホテルに戻った。

明日の早朝、祖父と一緒に王都を発つ予定となっている。

準備は今朝終えている――いよいよお楽しみの時間である。


深夜、私はホテルから抜け出し――

「あ、ほんとに来た」

ホテルの前で待ち合わせしていたシャロと合流した。いなくてもいい、むしろ来るなと思っていたのだが。いるんだよな。何が楽しくて彼女は私と来るんだか。

時間は有限だ。私たちは足早に目的の場所へ向かう。

深夜でも街灯が輝き、建物から漏れる灯りでずいぶん明るいメインストリートだが――一本脇の路地に入るだけで、かなり暗く寂しい夜道になる。

「シャロは知っていたんじゃないの？　あいつらのこと」

「あいつら？　ああ、確か……『ジグザグドッグ』とかいう不良グループだったたっけ？　私は名前くらいしか知らなかったんだけど」

そう、そのジグザグドッグだ。

あの紋章を持つ者たちは、ジグザグドッグという――まあ恐らく今夜消滅するだろう裏の住人に片足を突っ込んだ犬どもである。

ほかにもいくつか、王都にはチンピラのグループがあるようだが、俄然興味はないのでどうでもいい。

今は、今夜は、今夜こそ、大勢の犬と遊ぶことしか考えられないから。

聞いてすぐ情報が得られたくらいだから、件の犬たちは王都ではそこそこ有名だったらしい。

もちろん悪い意味でだ。

――つまり、ますます良心の痛まない拳ということでいいわけだ。

メインストリートからどんどん離れていくと、綺麗なものばかりだった王都の汚い部分が目立つようになる。

いかにも、というガラの悪そうな人がいたり、溜まっていたり、呑んだくれていたり。

「おい――がっ！」

「てめ――いでっ！」

「ガキが――あっ痛い！」

露骨に絡まれるたびに瞬殺しておく。

これはこれで楽しいが、若干良心が痛むので、あまりやりたくはない。

言葉遣いは悪いけど一応心配している、という理由で絡んでくる輩もいなくはないだろうから。

何せこっちは五歳の子供だし。

女連れだし。

明らかに悪い感情を持っていない輩もいたし。

……いや、傍目には子供連れの女という見方になるのかな。私が主導にはなかなか見えない組み合わせだろう。

「ニアって本当に強いね。傍で見てても何が起こってるのかよくわかんないんだけど」

「リストン家に代々伝わる秘伝武術なの。誰にも言わないでね。秘伝だから」

「わかった」

「ついでに言うと、実戦経験が欲しいのよ。だから行くの」

「ふうん」

シャロはあんまりよくわかってなさそうだし興味もなさそうだが、それでいい。詳しく説明できることでもないし。

時々道を訊ねつつ更に十人くらい瞬殺していくと――その店はあった。

ちゃんとした名前が書かれていたのだろう看板に、「ジグザグドッグ」とペイントされている、荒み切った大きな酒場。

あそこがジグザグドッグの溜まり場……というか、縄張りなのだろう。

……ん？　人の気配が少ないな……歓迎の準備ができていないのか？

「シャロ。あなたはここまで」

「――うん。そこの建物の屋上で見てるから」

と、酒場の向かいにある廃墟を指さす。気配を探れば無人なので、ここなら入っても大丈夫だろう。この分じゃそんなに時間も掛からないだろうしな。

「気を付けてね、ニア」

はいはい。それは私が相手する犬どもに言うべきだがな。

もし人の気配が多かったら、罠とか警戒して、景気よく窓とか裏口などから強襲したのだが。あるいは壁をぶち抜いたりして。

だが人の気配が多くないので、堂々と正面から入ってみた。

寂れた店内は荒れ放題で、椅子やテーブルも壊れていたり転がっていたりしている。外観からしても予想はできたが、まともに営業はしていないようだ。

「あ、ほんとに来ちゃったよ」

入ってすぐの真正面。

薄暗い店内。

なんとか無事だった椅子に座る、きっちりスーツを着込んだ男と目が合う。――そして彼の周りには三人の男が倒れていた。

うん、わからん。

「これはどういう状況かしら？　私は彼らの復讐に仕方なく付き合う体で来たのだけど」

私がちょっと流れでおしおきしたことを彼らは恨み、私への恨みを卑怯極まりない人数で囲んで晴らす。

そして私は、あえて恨みを晴らしたい彼らの待ち伏せする場に飛び込んできた者、という形になる。

あくまでも私は被害者、巻き込まれた側、復讐という恨みつらみに対して真っ向から受けて立つという、まあ数人くらい殺しても正当防衛が成立するであろう状況になるようにしようとした。

乗り気だったのに！

ちょっと強めに殴るのを楽しみにしてたのに！

一対一ではついつい弾みやついでやノリや勢いやその他の事情で、やり過ぎることができないじゃないか！

「どうもこうもないでしょ」

と、スーツの男はだらけた口調で煙草を咥え、火を点けた。

「こんな小さな子供にやられるような奴ら、俺らの下にはいらないってことね」

俺らの下、ね。

「あなたは本物のマフィア？」

「まあそれに近いかな」

なるほど。犬たちはマフィアの下っ端みたいなものだった、と。

「でもちょっと事情が変わったなぁ。君、強いねぇ。こりゃこいつらが負けるのも無理はないかもねぇ」

スーツの男は立ち上がると、転がっている男の一人を蹴り上げた。

「運が良かったな。あのガキが来なかったら死んでたよ、おまえら。もう行っていいよ」

倒れていた男たち——スーツの男にシメられたのだろう彼らは、痛むのだろう身体を引きずるようにして、這う這うの体で裏口へと去っていった。

「でさぁ、君はどうするの？」

「どうする、とは？」

「だからぁ、俺たちのメンツを潰してくれたわけじゃん？　俺もわざわざ出張ってきちゃったわけだし。

あいつらのことはどうでもいいけどね、でもこの業界ナメられたら終わりなわけ。

——で、君は今、俺たちのことをナメちゃってるよね？　べろんべろんにナメまくってるよね」

ああ、はあ。

「けじめを付けると。そういうことかしら」

「ご名答。利発な子だねぇ。伊達にこんなところまで一人で来ないね」

……けじめか。けじめね。

「それはこっちのセリフだわ」

腹が立つ。本当に腹が立つ。

何がけじめだ。

こっちはもう今夜は百人を相手に暴れてやる気で来たのに、蓋を開けたらこの様だ。なんだこのがっかり感。ふざけるな。

どうしてくれるんだ。今宵の私の拳は血に飢えていたのに。満たされない乾いたこの心、どうしてくれる。本当に楽しみにしてきたのに！

「私は巻き込まれたケンカに対応しているだけで、それ以上は何もないの。けじめ？　私は今夜、ここに、それを付けに来たんだけど。

あなたが邪魔しなければ、それだけで済んだのに」

なのに、なんの事情があるのか知らないが、犬どもの上役みたいなのが横槍を入れて邪魔してきたのだ。

しかも、至極弱そうなのが。

「彼らが私に払うはずだったツケは、あなたが今すぐ払いなさい。今から全力でいじめてあげるわ。泣いて謝るまで許さないから」

「……ああそう。ちょっと泣かすくらいで許してやろうと思ってたんだけどなぁ」

私の戦闘態勢を察し、煙草を弾き飛ばしてスーツの男が歩み寄ってくる。

――意外と若い。いや、かなり若いな。上背もある方ではないし、体格も恵まれている方ではない。細身である。

やる気のなさそうな表情だが、しかし、鳶色の瞳だけは異様に輝く。

――暴力への渇望か、あるいは強い敵意の色か。

「おまえ殺すわ」

速い。

ひどく脱力していた男の身体がしなる。

派手な緩急が生み出す動作と、無駄のない脱力から暴力へ繋がる動作は、想像を超える速さだった。

彼の放った初手、右の拳は、私の顔面を深くえぐった。

――好い。

この初手からの躊躇のなさ。ひどく好い。

よろしい。雑魚百人の方が絶対に楽しいだろうが、今夜はこれで我慢してやろう。

続けざまに十発ほど殴られた。

躊躇いもなく、また容赦もない、顔面狙いの鋭い拳である。

──実に好い。堪らない。

痛みはあるし、実際結構痛いし、多少の痣くらいはちょっと残りそうではあるが。

だが、弱者の精一杯の反抗だと思えば、愛しささえ感じてしまう。

思わず笑みがこぼれる私は、更に十発ほど甘んじて受けると──スーツの男は露骨に身を引いて眉を寄せた。

「なんで笑ってんだよ……」

「え？　……全然効いてないから？」

実際結構痛いけど、うん、なんというか、命の取り合いと比べればかゆい程度の物だし。避けるまでもないというか。蚊に刺された程度以下というか。

「……おかしいだろ。殴ってるこっちはめちゃくちゃ手応えがあるんだぜ。しっかり当たってるだろ。つか一発でぶっ飛ばすつもりで殴ってるのに、なんで動かねえんだよ」

それは仕方ないだろう。

「あなたが弱いからでしょ？　子供一人殴り飛ばせない程度って話じゃない」

「あ？」

「私は、弱者の実力を受け止めてからねじ伏せるのが、強者の務めだと思っているの。

——ちゃんと次の強さの段階が、まだまだ上があることを示せば、敗北の糧になるでしょう？　負けた理由もはっきりわかるし」

そして糧を得て、もっともっと強くなればいいのだ。

私という強者を目指して。強くなれ。

まあ、私に追いつけるかどうかは、別の問題だが。

「言うじゃねえの」

スーツの男は、やる気のなかった表情にしっかりとした敵意と悪意と害意を浮かべ笑った。よかった。やっと熱くなってきたようだ。

そうそう、本気でやってほしい。この場で出しきれ。全てを。どうせ弱いんだから。

その上で私が叩き潰す。

これが強者の務めである。

「——本当に殺すからな」

と、スーツの男が右手を振ると——金属製の棒が現れた。

「え？　何それ？」

思わず聞いてしまった。

今、彼は棒を、どこから出した？

手品？　暗器の類か？

いや、そこそこの長さの棒を隠しているようには見えなかった。というか物理的に隠し持てる大きさではない。折りたたみできるような物でもなさそうだし。

「くたばれクソガキ！」

だが私の疑問などお構いなしに、急に覇気と怒気を露わに、思いっきり棒が振り下ろされた。

ガッ！

ただの金属棒で、使うのが彼であるなら、別に食らってもよかった気がするが。

でも一応正体不明の武器なので、右腕で受けてみた。

自然と突きつけられた形になる棒を観察し——恐らくは、ただの鉄の棒であることを確認した。

うーん……曰く付きの魔剣とか、高度な魔法剣とか魔法の掛かった武器であるなら、いきなり呼び出すことができるものもあったはずだが。

でも、彼の持つ棒は、ただの鉄棒だと思う。

「うおおおおあああああ！」

雄叫びを上げて、容赦なく彼は鉄棒を振り下ろし続ける。狂気を感じるほど容赦なく、手加減なく、勢い任せに振り下ろし続ける。

私はそれを、適当に受け止め続ける。

食らってもよかった気がするけど、さすがに硬い物で殴られたら血が出そうなのでやめておく。

一応貴人の娘だし、服も汚したくないし。リノキスにバレたら大変だし。

「…………」

五十四発くらい受けたところで、スーツの男の動きが止まった。

狂気と衝動のまま暴れたせいか肩で息をし、呆然と私を見下ろしている。

そして、ポツリと呟いた。

「……なあ、俺って弱い？」

え、聞くの？　私に？

「どうかしらね。正直なところを言うなら、よくわからないわ」

きっと彼は、これまでケンカ自慢とか、そういうのでやってきたのだろう。

そして、ここまで出し切ったにも拘わらず、なんのダメージも与えてなさそうな私を見て、ひどくプライドを傷つけられたに違いない。

――自分は強い、と思っている者には、往々にしてよくある失意の心情である。

記憶にないが、私も何度も経験した。と思う。経験もさせたと思う。

だからわかるのだ。

「私が強いだけなのか、私が強い上であなたが弱いのか。どっちかしら。

まあどっちにしろ、私が強いことは確かね。別に私に負けても恥ではないと思うわよ」

言いながら右腕をさする。散々振り下ろされた鉄棒を受け続けた腕だ。ちょっと痣ができたかもしれないが、これくらいなら一晩で消えるだろう。

――もう一つ確かなのは、私にとっては彼は弱すぎるってことだ。一般的に弱い方かは知らないが。

これじゃリンゴを食べる時、皮を剥く時ウサギさんにしてもらうか否かで悩む程度の気持ちでも勝ててしまう。その程度の彼である。

「もういいかしら？」

彼が全力を出し切ったのであれば、次は私の番である。

「少し稽古を付けてあげる。掛かって来なさい」

私は明日、王都を離れる。

戦えるのは、今回はこれが最後となるだろう。

百人相手にするつもりで来たのに、このがっかりである。

――少しくらい遊ばないと、本当に消化不良で眠れなくなりそうだ。


何度も振るわれる鉄棒を避けて、何度も彼の顔を引っぱたいてやった。もちろん弱めにだ。強く殴ると死ぬから。爆散するから。

三十八発ほど殴ってやると、彼の心が折れた。

「……もう殺せ」

ポキッと心と一緒に膝が折れ、崩れた彼の手から鉄棒がこぼれ落ちる。

どうやら力の差を悟り、諦めたようだ。うむ、よし。

「引き際がわからなかったらどうしようかと思ったわ」

計三十八発か。彼はかなりがんばった方である。

私は適当に遊んでやったくらいだが、彼にとってはきっと糧になったはず。

いずれは私を越える逸材に…………なってくれれば嬉しいけどなぁ。

「じゃあ帰るけど、もういいわよね？」

「……このままで済むと思うなよ」

え？　ああ、そうだったな。

「あなたマフィアの一員なのよね？　……じゃあ今度は私から出向くことにするわ。私は王都には住んでいないし、もう地元に帰るのよ。また王都に来るから、その時遊びましょう？　そうね……王都に来たらこの酒場に顔を出すことにするわ」

「………………」

彼は、私の言葉をどう捉えていいのかわからない、と言いたげな戸惑った顔をする。腫れあがった顔で。

「約束よ。どうせ犬は追っ払ったんだし、この酒場の経営でもすればいいわ。私はいずれ必ず来るから。それまでに私を歓迎する準備を整えておきなさい」

思い付きで言ってみたが、意外とありな気がする。

この酒場が、私にとっては数少ない、戦う相手を求められる場所になったりしたら最高だ。ぜひそんな場所にしてほしい。

「……おまえ変わってんな、ガキ」

まあ、それは否定しないが。

「ところで、それはどうやって出したの？」

武人たるもの、勝者は敗者の武に敬意を表し、用がなければ速やかにその場を去るべきである。

スーツの男の心は完全に折れている――というか私が折ったので、もはや決着はついている。これ以上やるつもりはない。

というわけで、さっさと行ってしまいたいのだが、その前にだ。

「それ？　……ああ、鉄パイプか」

私が床(ゆか)に転がる鉄棒を指差しているのを見て、男は言った。

「ただの契約武装(マジックウエポン)だ。珍しくもないだろ」

ほう。契約武装(マジックウエポン)とな。

「察するに魔法かしら？　珍しくないの？」

「できる奴は少ないが、この現象自体は有名だ。……そうか、ガキだもんな。そりゃ知らないことも多いか」

厳密にガキと言っていいのか自分にもわからないので、その辺はいいとして。

「こう、どこかから瞬時(しゅんじ)に武器を取り出せる、という解釈(かいしゃく)でいいの？」

「だいたいな」

ああそう。……ふうん。

「面白いわね」

と、私は彼に背を向けた。気になることは聞いたのでもう行くとしよう。

「帰るわ。また会いましょう」

「ああ——必ずまた来い。これで決着なんて思うなよ。終わりじゃねえからな」

顔は腫れ上がっているが、殺気走った視線と淀みのない純粋な殺意に、ぞくぞくする。なかなか強者の素質を感じる逸材である。見た目に左右されない……子供相手に躊躇なく拳を振るえるところも悪くない。

あとは腕さえあれば濃密な殺し合いができそうなのだが。……腕があれば、だが。残念なことだ。もうちょっと強ければなぁ。

……あ。

「ねえ」

「あ？　——ぐぎっ!?」

跪いたままだった彼の腹に蹴りを入れ、しっかり倒しておく。

「な、……んだ、てめ……っ！」

お、すごい。意識を刈り取るつもりで結構本気で蹴ったのに、意識を失わないのか。

じゃあ仕方ない。

「しばらく酒場から出ない方がいいわよ」

今の状態で巻き込まれてはたまらないだろうから。

しばらくは痛みと苦しみで動けないだろう彼に一応そう告げ、私は遅れてきたメイン、デ、ッ、シ、ュを平らげに向かうのだった。

「――こんばんは」

「うわびっくりした！」

突然背後から声を掛けられ、シャロ・ホワイトは飛び上がって驚いた。

なぜだか危険なことに首を突っ込みたがる白い少女――ニア・リストンが心配で付いてきたシャロだが。

ここまでの道中と、どことなく機嫌の良さそうな雰囲気と、なんの躊躇いもなく潰れた酒場へ向かう彼女の背中を見送ると、別に心配はいらない気がしてきた。

本人の言う通り、桁違いに強いのだろう。本当に。

ニアが酒場へ入ったことを確認し、さて自分も様子が見える酒場の向かいの廃墟に上ろうとしたところだった。

背後からの突然の声に驚き、振り返ると――

「あ、メイドさん」

「侍女です」

ニアの専属メイド、いや、専属侍女が使用人の服装で立っていた。

名前はリノキスだったはず。話したことはあまりない。

彼女のことは、劇の稽古を重ねる中で、何度も見かけている。

もちろんシャロは、あまり彼女には好かれていないこともわかっている。気にしても仕方ないので気にしていなかったが。

「えっと……ニアを追って？」

「ええ。私はお嬢様の身の回りのお世話のほか、護衛も兼ねてますから。目を離すことはできません」

なるほど。

ニアは正真正銘いいところのお嬢さんなので、そりゃ侍女も護衛も付くだろう、と納得する。

「上から見守るんでしょう？　行きましょうか」

「あれ？」と、シャロは自分を追い越してさっさと先に行く侍女の背を追う。

「ニアを止めに来たんじゃないの？」

「止める理由がないので」

「えー？　危険なことするな、とか。理由にならない？」

「あの方、私よりよっぽど強いですから。この段になるともう止められませんよ」

衝撃（しょうげき）の発言……というわけでもない。

あまり自覚はなかったが、シャロもそう思っていたので、じんわりとしか響（ひび）いて来ない。

――確かにあの子は強すぎるよな、と。

強い弱いだのなんだの、腕っぷしに関しては素人（しろうと）のシャロでもそう思うのだ。実際はシャロの想像以上に強い、と言われても、納得しかない。

「それに、あんなに楽しそうな顔をされては、なかなか止める気にもなれません」

「はあ、そういうものなんだ」

危険に突っ込んで暴力を振るって楽しそう、というのもどうかとは思うが。

ポツポツと話をしながら、廃墟の屋上へと出た。

三階くらいの低い建物だが、酒場よりは高い位置から見下ろすことができる。

「お嬢様の用件が終わったら、私は先にホテルに戻（もど）りますので。私は来なかったという方向でお願いします」

「注意とかしなくていいの？」

「とてもしたいですが、今後お嬢様の抜け出し徘徊が巧妙になって察知できなくなると困るので。今回は見張るだけで充分です」

「……大変だね」

「まったくです」

――そんな話をしている最中だった。

「……？　あれは……？」

眼下の道を歩く者がいる。

暗いのではっきりは見えないが、明らかに誰かがいる。

一人、二人と酒場の前にやってきた……と思えば、酒場の前で立ち止まる。

偶然かと思えば、更に人がやってきた。

同じように酒場の前に溜まり出す。

そんな連中がぞろぞろとやってきて、早くも十人を越える人影が集結し――更に増えていっている。

「……ねえ、なんかまずくない？」

人が集まれば騒がしくもなりそうなものだが、不気味なほど静かだからおかしいのだ。

おまけに、武器らしき道具を持っている者もいる。まるで今から酒場へ殴り込みを掛ける直前のようだ。

人の数に比例しない静かな夜、空気が張り詰め緊張感が増していく。

……というか、ここまで来れば、もう疑いようがないだろう。

――彼らは意図的に酒場の前に集まっている。絶対に偶然ではない。

なんの目的かは知らないが、酒場には今、ニアがいる。

そう考えれば、集まってきた者たちの目的は――

「かわいそうに」

侍女は、今や三十人を越える不穏な集団を見下ろしながら、静かに呟いた。

「街のチンピラくらいじゃ百人いたってお嬢様を止められません」

「え？　そんなに強いの？」

素人だけに、さすがにシャロはそれを信じることはできない。

まあ、答えはすぐに判明するのだが。

「お待たせ。待った？」

スーツの男をしばらく動けないようにして、一人で酒場から出る。

気配で察知した通り、そこには武器を持ったチンピラが三十人以上集まっていた。

ああ、素晴らしい！

ちょっと質は物足りないが、数はまあまあだ。

スーツの彼一人では、やはり少々足りなかったのだ。

追加のメインデッシュが来てくれて助かった。

「おいクソガキ、アンゼルはどうした」

集団のボスらしきチンピラが言う。

そのアンゼルというのは、酒場に転がしてきたスーツの彼の名前だろう。

「どうして気にするの？　私がここにいるのに」

彼らが誰かなんてどうでもいいし、彼らとアンゼルの関係も特に気にならない。

ただ、発言からして、彼らはアンゼルを襲いに来たのだと思われる。

「こ、このガキだ！　滅法強い白いガキ！　……マジか⁉　こいつアンゼル殺ったんじゃねえか⁉」

あ、私も対象のようだ。彼らは犬関係かな。復讐に来たのかな。

まあ、本当になんでもいいか。

彼らの武器の所持やら雰囲気やらを考えれば、絶対におしゃべりをしに来たわけではあるまい。

そして、今から私が弱らせたアンゼルを襲うと言うならば、勝者として一時的に彼を守るくらいはしてもいいだろう。

これも武への敬意だ。やるなら彼が万全な時にやれ。それなら止めないから。

「もうお話はいいでしょう？　早く始めましょう」

ドン！

そう言った直後——ボスらしき男は宙を舞っていた。

この身体でできる最速の踏み込みで、ちょっと強めに殴ってやったから。

今のに反応できない程度の雑魚では不満——いや、結構楽しいな？　あれ？　意外と楽しいな。

「——アッハハハハハハハハ！　ほらほら！　早く構えないと蹂躙するわよ！」

笑いが込み上げる。

心の底から飢えていた暴力の空気に、喜びが止まらない。

——良心の痛まない拳とは、やはり気持ちがいいものである。

ネヒルガはそれなりに知られた小悪党である。

平和なアルトワール王都にも存在する裏社会。その温床となっている東側倉庫街の奥に潜み、細々とやって名を上げてきた。

彼自身、小悪党っぽいという自覚はある。

ただしそれは、機会を伺っているからこその小悪党である。慎重に動いているからケチな悪党に見えるだけだ。

儲けがデカいと見込めば躊躇なく踏み込む。踏み荒らす。弱きをくじき強きにも食らいつき利益を貪る。

そうやってここまでやってきた。自分の勝負勘と危機管理能力を信じて。その結果、倉庫街にアジトを構えるまでになったのだ。

――率直に言えば、最初から読み違えたのだ。

「な、なんだこりゃ……」

片腕ずつに愛人の肩を抱き、馴染みの部下四名を連れてぞろぞろやってきたネヒルガ。楽な仕事をして大金が転がり込む予定なので、かなりの上機嫌である。

しかし、現場には想像もしていない光景が広がっていた。

見覚えがあるような、ないような。廃墟が多い路地裏の一角に、見飽きた悪ぶったガキどもが大勢倒れていた。

どうもネヒルガの計画を狂わせるイレギュラーが起こっているようだ。

ネヒルガは回収に来たである。

第四階級貴人の娘ニア・リストンという、大金に化ける子供を。

ガキどもがニア・リストンと揉めたという話を聞いた瞬間、ネヒルガはデカい儲け話が転がり込んだと踏んだ。

筋書きはこうだ――調子に乗った貴人の娘が調子に乗って揉めに揉めて結局返り討ちに遭い、その慰謝料をリストン家から貰ってやろう、という極々シンプルなものだ。

その際、被害者……揉めた人数をかさ増しするため、護衛のアンゼルにガキどもを潰すよう命じた。

全部ニア・リストンのせいにするためだ。

お宅の娘さんはこんなにもひどいことをしましたよ、と瑕疵をつけるためだ。

上位貴人ほど、こういう醜聞は嫌う。貴人と平民の身分差がなくなりつつある今の時代、一つ二つのスキャンダルで、どこまで落ち目になるかわからない。

今の貴人は、民に嫌われないよう振る舞っている。その辺のことにはかなり敏感になっているのである。

まあ、そもそも娘を押さえられた時点で、話は決まるのだが。誘拐された娘を取り返さないのも醜聞だし、娘がやったことも広まってはいけないことだ。かさ増しもしているし、大変な大事件にまで発展する可能性は高い。

あくまでも「ニア・リストン有責の保護」という構図を作るのが大事だったのだ。実際は誘拐と監禁だが、大事なのは形だ。

簡単で実入りの大きい、小悪党向きの仕事だった。

少なくともネヒルガはそう考え、秘密裏にこの日のために動いてきた。

その策は成功していた。

「あら？　もしかしておかわり？」

——問題は、アンゼルがニア・リストンに負けたことだ。

ガキどもが転がる真っただ中に、白い髪の女児が立っていた。齢五、六歳くらいの小さな子供だ。

異常な光景だった。

こんな夜の路地裏で、殺伐とした場所で、微笑を浮かべて平然と佇む幼児。暗闇にぽんやり浮かぶ珍しい白髪も相まって、およそ現実感のない存在に見えた。

ここらに転がっている連中は、ネヒルガの命令で動いたアンゼルに潰されたガキどもである。

裏を知らないガキどもは、単純に実行犯のアンゼルに恨みを募（つの）らせ、今夜仕返しに集まり――

ニア・リストンに平らげられたところだ。

しかし、今来たばかりのネヒルガは、それを知らない。

アンゼルが負けたことも知らないし、ここに倒れている連中全員がニア・リストンにねじ伏せられたことも知れない。

状況（じょうきょう）はわからないが――

「お、いるじゃねえか。お嬢ちゃん、ニア・リストンだよな？」

大金と換金（かんきん）できる子供がそこにいる。

ネヒルガにとって大事なことは、それだけだ。多少イレギュラーがあろうと、ニア・リストンを確保できればそれでいいのだから。

「私のことを知っているの？」

「もちろんさ。俺（おれ）は魔法映像（マジックビジョン）を持ってるからよ」

そう、ニア・リストンは有名だ。魔法映像（マジックビジョン）……もとい魔晶板（ましょうばん）を持っている者からすれば、毎日だって見ることができる顔だ。

有名ゆえに価値がある。価値があるから金になるのだ。

「あら。私のファン？　こんなところで会うとは思わなかったわ」

「ああ、そうそう。ファンだよファン。だからちょーっと俺たちと一緒に来てくれるかい？　いろんなお話を聞かせてほしいんだ」

我ながら白々しい言い分だとは思うが、ネヒルガは子供に暴力を振るう趣味はない。大人しく従うならそれでいい。

「生憎、こんな夜中に知らない人の家に行っていいと教育されてないの。だから遠慮するわ」

真っ当な返答だった。何も異常はない。

この時間のこの状況じゃなければ、何も。

「そう言わずに来てくれよ。……ところでアンゼルはどうした？　会わなかったのか？」

「アンゼル？　あの人、あなたの差し金？」

「知ってるってことは、会ったんだな？」

だったらどうしてここにいるのか。肝心のアンゼルはどうしたのか。

「あそこの酒場で伸びてるわよ」

「は……？」

小さな手で指差す先に、いるらしい。

いや、それよりだ。

あのアンゼルに何があったのか。裏の世界では凄腕で知られたボディガードだ。どんな相手でさえ一対一ならまず負けない、とまで言われるほど強いのだ。いずれ外注の護衛ではなくファミリーに加えたいと思い、大枚はたいて傍に置いていた男だ。

それともう一人加えたい女がいたが、そいつは少し前にどこかへ行ってしまった。まあそれはいいのだが。

「私に刺客を向けるなら、もうちょっと強い人を寄越してよ」

ネヒルガはバカだが、頭は回る方だ。むしろ悪知恵は働く方である。

今の言葉から察するに、アンゼルはニア・リストンにやられた、という意味になる。

――ここに来て、ようやくネヒルガには状況が見えてきた。

酒場で伸びているというアンゼル。

ここに転がるガキども。

そもそも子飼いのガキどもがニア・リストンと揉めたという話は、何がきっかけで、どういう内容だったのか。

この場この状況で平然と佇む眼前の幼児が、段々と異様な存在に見えていた。

一歩だけ心が逃げを打った時、

「ボス、どうします？」

「なんかよくわかんねぇけど捕まえるんでしょ？」

と、ネヒルガの友人であり護衛であり仕事上の仲間である部下が言った。

裏の世界では、弱味を見せたら付け込まれる。そして落ちる時はあっという間だ。一つの失態で築いてきたものすべてが崩れる。信じていた仲間に裏切られてむしり取られる。ネヒルガが蹴落としてきた悪党たちはみんなそうだった。

ここで十歳にもならない子供相手に逃げを打つなど、一生付きまとう汚点となる。

そう、ネヒルガは逃げられないのだ。

ニア・リストンを狙うと決め、こうして出会ってしまった以上。

最初の計画を立ち上げた瞬間から、ハイリスク・ハイリターンの賭けに出ているのだ。降りることはできない。

降りれば、全てを失うから。

「……よし、あのガキ捕まえろ」

いつの間にか冷や汗が出ていた。本能が激しく危険を訴えているが――それを無視して、ネヒルガは命じた。

ニア・リストンの捕獲を。

「さあお嬢ちゃん、大人しくついてき――あ」

部下の一人がニヤニヤしながら棒立ちのニア・リストンに近づき……膝から頽れた。

誰も、何が起こったかわからなかった。

特別ニア・リストンが動いたようにも見えなかった。今はつまらなそうに足元に倒れた部下を見ているだけだ。

「おい、何やってんだよ。おまえ呑みすぎだろ――あ」

倒れた理由がわからなかった二人目がニア・リストンに近づくと……同じように倒れた。

この現象はなんなのか。

何かしているようにも、何かされているようにも見えない。

ただ――そろそろこの場の全員がわかってきた。

ここは異常だ。

普通じゃないことが起こっている。

その原因がニア・リストンとは……五歳の女の子が引き起こしているとは、さすがに思えない。

いや、ネヒルガだけは、薄々勘づいていて――

「ねえ」

気が付いたら、ニア・リストンはネヒルガの目の前にいた。

目を離したわけじゃない。

気が付いたらすぐそこにいたのだ。まるで瞬間移動でもしたかのように。

――そしてそれは、ようやく路地裏の暗がりに目が慣れてきて、倒れているガキどもの果てが見えないことに気づいた瞬間でもあった。

多いのだ。

二十人や三十人どころではない。それ以上のガキどもが倒れている。まさか百人……それはないか。

いや、わからない。

暗闇の奥に何人倒れているのか、果てが見えないのだから。

何より、ネヒルガはそれを知りたくなかった。

今部下が何もわからないまま倒れたように、ここにいる全員が同じように倒れたのではないか。

ならば、やったのは、きっと――

「やるの？　やらないの？」

何がだ。

「今夜はいい夜ね。気分がいいから見逃してあげてもいいんだけど。どうする？」

ぜひ見逃してほしい。

喉から出掛かったが、部下の手前、絶対に言えない。

「あ」

その声は後ろから聞こえた。

振り返ると、そこにはなぜだかニア・リストンがいた。今目の前にいたはずの子供が。

なぜだか振り返った先にいた。

そして、部下の二人がゆっくり倒れていく。

「逃げちゃダメでしょ」

わからない。

何もわからない。

ただ一つ、ようやくわかってきたことは。

――今この時、関わってはいけない何かと遭遇している、ということだ。

寒気がする。

激しく身体が揺れている。

倒れているガキどもが遠くまで見えるようになったが、それでも果ては見えない。何人倒れている？　五十？　いや、やはり百を超えているのか？　知りたくない。絶対に知りたくない。

女たちが震えているのか、それともネヒルガ自身が震えているのか。

「ねえ」

ニア・リストンが笑った。

「この人たちの口止め、よろしくね。できる限りでいいわ、私がここにいたことは内緒にするよう言い聞かせて。

できるわよね？　それともできない？」

ネヒルガの返事は決まっていた。

この夜からしばらくして、王都から十数名の悪党が消えた。

よほど怖い目に遭ったようで、「夜と子供と白髪がとにかく怖い」と言い残し、いなくなってしまった。

行方はわからない。

数年後、東側倉庫街に住んでいた金色の男が田舎で畑をいじっていた、という噂が少しだけ流れたが。

そんな噂も、数日経たずに消えてしまった。

「――ずいぶん機嫌が良さそうですね」

どうやらついつい出てしまうようだ。

そこそこ晴れ渡った心情が。

これまでの儘ならない鬱憤を晴らしてきて、とてもすっきりしている心情が。

「気が重かった劇も無事終わったし、これから家に帰るのよ。機嫌だって良くなるわ」

ホテルのロビーでくつろぎつつ、傍らに立つリノキスとのんびり話をする。

もう帰り支度は済んでいる。荷物はまとめてあるし、あとは祖父が来るのを待って帰りの飛行船に乗るだけである。

使用人たちへの土産も買ったし、不備はないはずだ。ちなみに買ったのは有名店の焼き菓子だ。

劇団氷結薔薇の公演「恋した女」が無事終わって、ほっとしたことも嘘ではない。

だが当然、昨夜のアレでそこそこ力を振るえたことが大きかった。

本当に、夢のような夜だった。

確かに小粒が多いだけというつまらない相手ではあった。しかし暴力に飢えていた状態であったため、予想以上に楽しい時間となった。

もちろんしっかり全員味わって、逃げようとする者もしっかり摘み取って、全員しっかり転がしてやった。もちろん不殺だ。手加減だって忘れてない。

最終的には五十人くらい合流したようだが、それでも小粒しかいなかった。それだけが残念だが、まあ、今はこれで満足しておこう。

全員ひねり潰したその後は、何事もなかったようにシャロを自宅に送り、私もホテルに帰ったのだった。

……欲を言うなら、やはり、全員が私の半分から八割は強いくらいの精鋭で、というのが理想だが。私も血湧き肉躍り骨へし折ったり折られたりする死闘感は欲しい。

本気で命が危うい相手、とまでは言わないから、ちょっと歯ごたえが欲しいところだ。

まあ、高望みだが。

「来ましたよ、お嬢様」

祖父が到着したようだ。私はソファから立ち上がった。

祖父から繰り出される自宅に寄れ、泊っていけ、というお誘いを巧みにかわし、リストン家に帰ってきたのは夕方過ぎだった。

個人的には泊ってもよかったが、私には「職業訪問」などの撮影の仕事があるので、予定にない外泊はできない。

というか、今の私の立場では、許されないと思う。

許されるのは、こっそり夜間外出くらいだろう。昨夜のようなね！

両親は今日も放送局の仕事でまだ帰っていなかったが、使用人たちに歓迎されて無事帰還を果たした。やはり家に帰るとほっとする。

使用人たちは、なんとなく私より土産の焼き菓子の方を歓迎しているように見えたが……まあ細かいことはいいか。それはそれで別にいいしな。

まず風呂に入り、食堂のテーブルに一人で着き食事を済ませ、自室に戻る。

「……ふう」

気が抜ける。

私はニアではないが、しかし私にとってもニアのこの部屋が一番落ち着く空間となっているようだ。

もう、ここが私の居場所でもあるのかもしれない。

「紅茶はいかがですか？」

「貰うわ」

私が寝間着に着替える間に、リノキスが紅茶を淹れてくれる。

この紅茶は、王都のレストラン「黒百合の香り」で飲んだもので、非常に華やかな香りが広がるアレだ。

やはり結構高価な贅沢品だったのだが、祖父が買ってくれたのだ。

「――もう一年になりますね」

ん？

「一年？」

「お嬢様が死にそうになったあの夜から、もう一年です。あの夜から快方へ向かいました」

ああ……そういえばそうだったか。

――私がニアになってようやく一年、か。

あの頃はとにかく死なないことで精一杯だったが……確か春だったよな。

あの日から今日まで、長かった気もするし、あっという間だった気もする。

あの夜……怪しい男が、死んだニアの身体に私という魂を入れたあの夜から、一年。

病気を治すのに半年以上を費やし、冬からは魔法映像という前世でも経験のない文化に足を踏み入れることになった。

　今回の王都行きも、その知らない文化のためである。

　そして今後も同じようなことがあるのだろう。

「お嬢様、お願いがあるんですが」

「お願い？　私に？　……あ、一緒に寝ろとか言うんでしょ？」

「それはそうでしょう！　あんな昨日今日会ったような女とは同じベッドで寝られるのに、なぜそれ以上長い付き合いの私とは一緒に寝られないんですか⁉　そんなの意味がわからない！」

　私はそこまで力説して私に入れ込むリノキスがわからないが。

　……一緒に、か。

「あなたとはちょっと遠慮したいわね。なんか寝ている間にキスとか遠慮なくしそうだし」

　シャロからは普通の親愛を感じたが、リノキスはそれ以上の何かを感じる。

　なんかもう、なんというか、本当はあんまり身の回りに近づけちゃいけない存在なんじゃないかと、警戒心が騒いでしまうくらい油断ならない気持ちがある。

「いいじゃないですか女同士で女同士かつ女同士なんだし！　女同士だから！　何があってもノーカウントでいいじゃないですか！」

これほど念を押されると、女同士という免罪符の効果が薄く感じる。……一緒に寝るのはないな。

「あ、違う。お願いはそのことじゃないんです」

ん？　違うのか？

「お嬢様。私に稽古を付けてくれませんか？」

…………

「どういう意味の稽古？」

「戦う意味の稽古です。――こんなにもお嬢様より弱いのでは、私が護衛に付いている意味がありませんから」

ほう。

型は毎日のように見せているので、なんとなく私の強さは伝わっているとは思っていたが。

結構正確に、私と己の力量差を把握できているのかもしれない。

だとすれば、私が想像するよりリノキスは強いことになる。

相手の強さがわかる。それもまた強さである。

「いいの？　優しくしないわよ？」

「覚悟の上です。今のままでは、お嬢様に付いていくことさえできなくなりそうなので」

付いていく。

……どういう意味かは聞かないでおこう。なんだか下手に触れたら蛇が出てきそうだ。

「覚悟ができているならいいわ。明日から始めましょう」

私も好都合だ。

リノキスはまだまだ弱いが、それでもそこらのチンピラよりは戦う力を身に付けている。立ち合い稽古ができるのは私も嬉しい。あくびが出るほど物足りないが。

……ついやりすぎて壊さないように気を遣わなければいけないのがネックだが……まあ、せいぜい気を付けることにしよう。

「ではリノキス。あなたはこれより私の一番弟子だから。私の恥にならない程度には強くなってちょうだい」

「全身全霊で努めたいと思います」

専属侍女が弟子となってから、これまでにない慌ただしい毎日が始まった。

「リア・ニストンの職業訪問」の撮影とともに、時折役者の依頼も来るようになった。

王都からの依頼ではなくリストン領で公演する劇なので、劇の稽古や空いた時間にほかの撮影もこなすようになった。

　ほかにはライム夫人関係のパーティに出席したり、また両親の付き合いでパーティに同行したりと、ちょくちょく王都アルトワールに行くことも多くなった。

　もちろん、武の鍛錬は一日たりとも欠かすことはできない。

　どんなに忙しくてもこなさなければいけないので、睡眠時間を削るような日も何度かあった。

　それと特筆するべきこととして、新たな魔法映像のチャンネルが生まれた。

　今までは王都アルトワールと、ここリストン領という二つしかなかった放送局が、一つ増えたのだ。

　第五階級貴人ヴィクソン・シルヴァーが魔法映像業界に参加し、彼が治めるシルヴァー領に放送局を建てた。

　めでたい開局記念ということで、リストン家は「職業訪問」で訪ねることになった。

「来てくれてありがとう」

　撮影自体には私と、向こうの局長となるヴィクソン・シルヴァーと局員しか映らないが、リストン家として祖父と両親が同行した。

　なんでも祖父とヴィクソン・シルヴァーは古くからの友人関係らしく、今回の放送局設立にもかなり協力したとかしてないとか。

シルヴァー領のチャンネルでは、未開の浮島の探索や、冒険家などを中心に放送したいと言っていたので、私はものすごく楽しみにしている。

――ただ、私はまだ全放送が解禁されているわけではないのだが。弟子となったリノキスではあるが、雇い主である両親の方が、師である私より立場が上らしい。


毎日が飛ぶように過ぎていった。

そして、気が付けばまた春が来ていた。


「行きましょうか、お嬢様」

「ええ」

六歳になった。

私は今年から、王都にあるアルトワール学院の寮に入ることになる。

あとがき

ホロライブとかにじさんじとかちょっとよくわかんない。

こんにちは、最近時流に取り残された感をひしひしと感じる南野海風です。

本書を手に取っていただいてありがとうございます。買った？　買ってない？　まだ買ってないならレジへ持って行ってくださいね。

この「凶乱令嬢ニア・リストン」は、ＨＪ小説大賞２０２１前期にて受賞し、こうして出版される運びとなりました。

元は小説家になろう並びにアルファポリスで掲載されていたものです。

諸事情で「狂乱令嬢」あらため「凶乱令嬢」とタイトルが変更されました。中身は加筆修正を加えてより面白おかしくなっております。

つまり買ってほしいってことです。よろしくお願いします。

皆さんがこれを読んでいる頃、きっと私はこの世にいないでしょう。

積みゲー消化の世界へと旅立っているはずです。

積みゲーなんてほんとはしたくない。ゲームをしたい。仕事なんてしたくない。私はゲームをしたいのだ。小さい頃はこんなにもしたくなるなんて思いもよらなかった。いやそうでもないか。小さい頃からゲームはしたかったか。時間さえあればと願わずにはいられない。ＰＳ５も欲しい。どこにも売ってない。

ゲームする時間はないけど、作業しながらプレイ動画を観よう。

そんな発想から、ホロライブとかにじさんじとか、ちょっと気になるようになりました。でもよくわからないんですよね……同じアレのアレではないんですよね？　会社が違う？　それとも根本から違う存在？　わからない。もう何もわからない。多様性の時代だけど多様すぎて理解が追いつかない。

まあ確かに言えることは、彼らはきっと電子に生きる妖精たちだということでしょう。中の人なんていない！　……なんていうのは、きっともう古いんだろうなぁ。

時流に追いつきたいものです。

表紙のイラスト、穴が空くほど見ていただけたでしょうか？

幼女です。素晴らしいですね。幼女って世界を救う存在なんじゃないかと私は常々思っていますが、まさに真実かもしれないと思わせてくれるイラストですね。

イラスト担当の磁石先生が描いてくださった見事な幼女です。中のイラストも大変素晴らしいので、ぜひ覗いてみてくださいね。

磁石先生、素敵なイラストをありがとうございました。

この本の帯に書かれている情報は見ていただけましたか？　裏の方かな？　え、帯がない？　だったらインターネットで検索してね！

はい、コミカライズの情報です。幼女が漫画で活躍するって話です。

担当してくださる漫画家さんは、古代甲先生です。素晴らしい幼女を描かれる方です。

これ以上はないってくらいに頻繁にチェックしてみてくださいね。

担当編集のSさん、私の我儘で打ち合わせがしづらかったと思います。申し訳ありません。そしてありがとうございました。

長い付き合いになるといいな、と願っています。

そして読者の皆さん。

ネット掲載から応援してくださった皆さんのおかげで、ニア・リストンはこうして本になりました。

本当に本当にありがとうございました。これからもよろしくお願いします。

それでは、また二巻で。

凶乱令嬢ニア・リストン 1

病弱令嬢に転生した神殺しの武人の華麗なる無双録

2022年10月1日　初版発行
2024年10月4日　２刷発行

著者――南野海風

発行者―松下大介
発行所―株式会社ホビージャパン

〒151-0053
東京都渋谷区代々木2-15-8
電話　03(5304)7604（編集）
　　　03(5304)9112（営業）

印刷所――大日本印刷株式会社

装丁――小沼早苗（Gibbon）／株式会社エストール

Printed in Japan

ISBN978-4-7986-2970-4　C0193

ファンレター、作品のご感想お待ちしております

〒151−0053　東京都渋谷区代々木2−15−8
(株)ホビージャパン HJ文庫編集部 気付
南野海風 先生／磁石 先生

アンケートはWeb上にて受け付けております

https://questant.jp/q/hjbunko

- 一部対応していない端末があります。
- サイトへのアクセスにかかる通信費はご負担ください。
- 中学生以下の方は、保護者の了承を得てからご回答ください。
- ご回答頂けた方の中から抽選で毎月10名様に、HJ文庫オリジナルグッズをお贈りいたします。